ANUNNAKI

Narrativa

246

Via Giosuè Carducci, 37 - 46041 Asola (MN)
gilgameshedizioni@gmail.com - www.gilgameshedizioni.com
Tel. 0376/1586414

ISBN 978-88-6867-730-5

Questo romanzo è frutto di pura fantasia. Nomi, personaggi, avvenimenti e circostanze sono un effetto del reale, ma irreali nella loro illusione referenziale. Autentica è solo l'immaginazione dell'autore. Luoghi e date sono utilizzati secondo il criterio dell'artificio narrativo. Un'apparente rassomiglianza con fatti avvenuti o persone esistite o esistenti è fortuita e indipendente dalla realtà.

In copertina: Progetto grafico di Dario Bellini.

Enrico Beretta

CONRAD L'INFAME

a mia moglie

Premessa

L'accelerato per la metropoli mi ricordava le ferrovie della DDR. Stessa puzza di servizi intasati, di nafta, di muffa. Stessi passeggeri silenziosi, dall'aria triste, che stringevano le loro cose e guardavano fuori dal finestrino la campagna piatta scorrere monotona, nel calore di quei pomeriggi. Forse fu per questo motivo che non mi sorpresi di vedere proprio lui seduto di fronte a me.

Tarda primavera. Nella carrozza si soffocava. Gli chiesi se non gli dispiacesse abbassare il finestrino. Lui si guardò intorno e mi domandò se era consentito. La cosa mi stupì. Dissi di sì. Lo era. Purché fosse d'accordo lui. Allora si alzò e lo abbassò, poi sporse il capo sorridente. Si rinfrescò alcuni istanti e tornò a sedere. Mi sorrise. Io gli diedi la mano e mi presentai. Gli dissi che per me era un onore incontrarlo. Spalancò gli occhi. L'avevo riconosciuto, esclamò lusingato. Sicuro! Anche dopo tanti anni, il suo volto mi era rimasto impresso nella memoria. Per la verità, il *vopo* che salta il filo spinato era stato solo un simbolo di quei tempi, un'immagine che lo ritraeva lassù per l'eternità, in un luogo che non era più Germania e non lo era ancora. L'uomo sarà stato ben altra cosa. Oppose un'espressione di cordiale dissenso, disse che non lo era più e non lo sarebbe più stata. Io non capii. Gli chiesi che cosa non fosse più, la Germania? Scosse il capo. La vita, rispose Conrad. La vita.

Conrad mi confidò che non gli sarebbe dispiaciuto rimanere a Berlino Est. Se non fosse stato un *vopo* ma un comune cittadino della Repubblica Democratica, la pressione ideologica neppure l'avrebbe percepita, sebbene non fosse stata quella la ragione che l'aveva spinto ad andarsene. Si respirava, per così dire, un'aria molto più sobria e tedesca che non dall'altra parte della *barriera di protezione antifascista*. La Prussia una caserma l'era da sempre, si nasceva in quella prospettiva e ci si adattava presto. Bastava esprimere un po' di entusiasmo. Non troppo, soltanto un po'. Quella era pur sempre la sua città, una metropoli un po' noiosa e vecchia, grigio topo, ma sicuramente migliore di altre che degradavano in periferie putrefatte e scoperchiavano quartieri necrotici. Non era Sofia, Bucarest... E lui non era uno slavo. I tedeschi orientali saranno pure stati quattro gatti, ma dall'analisi del medagliere olimpico non si sarebbe detto. Probabilmente, era quell'aggettivo, orientali, a centrare poco con la loro natura, perché era da loro che cominciava l'Occidente, non prima. E forse ancora più a est. L'Est... Conrad sputò dal finestrino. Per questo i controlli erano così severi, per questo non c'era luogo al mondo dove il superfluo apparisse tale come a Berlino Est. Forse agli occhi di quegli altri, loro apparivano dei poveracci, invece erano soltanto tedeschi senza accessori e molti meno desideri da appagare; e se il volto che l'Occidente mostrava era addirittura di ostilità, correva pure il rischio di generare un senso spartano di appartenenza e di superiorità antropologica. È umano affezionarsi al serraglio se fuori si percepisce il pericolo.

Sospirò stancamente e fece scorrere le dita sul mento. La barba lunga di giorni mandò un fruscio sabbioso. Scosse il capo e diresse altrove lo sguardo, credo in direzione della DDR, la cicatrice cubiforme della Germania post bellica. Nessuno sarebbe riuscito a far peggio di così. Avevano tappato i buchi delle bombe con qualche secchiata d'asfalto e tirato su palazzi e fabbriche sbilenche, in quattro e quattr'otto, con crucca alacrità, ma nell'intento di farla sopravvivere il più lontano possibile dai suoi idilli genetici. Istituzionalizzando la disillusione. L'obiettivo non era denazificare la zona, ma degermanizzarla, annichilirla, ai ritmi musicali della retorica-rottura-di-coglioni marxista-leninista. Il muro sì che era l'opera più importante concepita nella grande birreria, perché non solo divideva il popolo, ma ne interrompeva la capacità di percepire all'unisono il richiamo del destino. E se non era là, il destino, dove cercarlo? L'ostacolo spezzava l'animo tedesco in due tronchi distinti, ma non scendeva tanto profondamente da separarne anche le radici. Il muro era un setaccio, un colabrodo, una tela di ragno. Le sue maglie trattenevano proprio ciò che, dopo la fuga, avrebbe fatto sentire la propria mancanza per sempre, quella vacuità spirituale che perseguitava ogni transfuga, esule, eretico, disertore, che aveva assecondato la tentazione di riempirla e che poi, una volta ricolma, l'avrebbe percepita come un'indigestione e si sarebbe chiesto se era proprio ciò che cercava con tanta ostinazione. L'anima, fatti i conti, coincide con la divisa. Liberarsene costa caro, come al sacerdote che la abbandoni per coerenza, attirato nell'orbita di un bel culo.

Non riuscivo a capire se Conrad Schumann, l'uomo seduto davanti a me in quel torrido pomeriggio di primavera, fosse o no felice di essere diventato una persona qualunque. La sua notorietà era durata poco, non poteva andare diversamente per un simbolo della sua generazione. Svelare l'essere umano, avrebbe provocato la svalutazione del *vopo* che salta il reticolato tra i due sistemi. Per questa ragione Conrad avrebbe trattenuto le stimmate che ne segnavano la provenienza, le stesse per le quali lui non sarebbe mai cambiato né invecchiato, eternamente uguale al giovane di allora.

Conrad avrebbe voluto lasciarsi crescere i capelli come Roger Waters, praticare il libero amore con Laura Gemser, tatuarsi il simbolo della pace sulla guancia e marciare con i suoi coetanei contro la guerra in Vietnam. Non era possibile. Non per Conrad Schumann – nome, peraltro, di cui si sarebbe persa traccia molto presto. Come poteva contestare il sistema chi si era lanciato tra le sue braccia con tale determinazione? Non l'aveva forse sperimentato sulla sua pelle l'altro ordine delle cose, il solo che, alternativo a questo, avesse qualche consistenza? Chi sceglie la libertà, poi non sia schizzinoso e nasconda come può le proprie piaghe. E così, Conrad era costretto ad ascoltare la radio a basso volume, vestirsi come un impiegato della Deutsche Bank che si recava al lavoro, grato alla Repubblica Federale, libero e sorridente. E, quando i suoi nuovi concittadini lo incontravano, seduto nel parco a sbocconcellare una focaccia, la radio premuta contro l'orecchio, costoro non avrebbero mai pensato che Conrad fosse sintonizzato, anche solo per nostalgia, su una stazione della DDR, ma piuttosto che tenesse basso il volume per non disturbare. Conrad Schumann era un giovane ben educato, anche se non salutava mai nessuno. Forse era distratto da tutto quel bendidio, dal traffico, dal denaro, dai profumi che usavano le donne... Chissà? Eppure, Conrad non riusciva a dimenticare nulla, come Giano che vede ciò che è stato e ciò che non è ancora, senza mai riuscire a vivere nel presente. E tra le due facce della sua tragedia personale, come una lapide, si ergeva il muro.

Mancava qualcosa di Conrad Schumann, qualcosa era andato perso dell'uomo che voleva essere più berlinese di John Kennedy, qualcosa di fondamentale che convincesse tutti dell'autenticità della sua svolta, la rendesse definitiva e cancellasse ogni dubbio che ancora si addensava attorno a lui. Tutti se lo saranno chiesti: che fine aveva fatto lo scatto orientale del volo di Conrad, l'immagine presa da Berlino Est? Di sicuro, esisteva! Ma le autorità tedesco-democratiche saranno rimaste nell'incertezza se divulgarla o no. L'immagine da tergo ne avrebbe rimarcata la viltà e insinuato il pensiero che, alla fine, aveva piantato tutti in asso a vedersela con i loro guai, quelli che l'avevano lasciato fuggire, che non avevano previsto e non avevano sospettato che quel tale fosse così sensibile a tentazioni scioviniste. Un nemico del popolo! La famiglia era ancora là. Loro sì che alle domande avranno dovuto rispondere, in qualche modo. E pagare caro. Brutto affare saltar fuori dal palazzo che brucia lasciandovi i propri vecchi, il gatto, il canarino. Un fardello pesante da portarsi appresso.

Conrad si voltò verso di me, mi chiese se immaginavo il prezzo della sua azione, quanto fosse stata irreparabile, devastante. Annuii, ma non mostrai un'espressione molto convinta.

Infatti, mi venne da chiedergli se avesse assecondato un impulso improvviso o fosse il frutto di un'accurata valutazione del luogo, delle distanze, di rimorsi e di rimpianti, roba da farti inciampare sul filo, cadere a metà strada e prenderti una scarica nella schiena, il cadavere afferrato di qua e di là, disputato con una prova di forza. Uno stivale che si sfila, una manica che si strappa…

Conrad mi raccontò la pressione dei funzionari della DDR sui suoi familiari, sugli amici, perché lo convincessero a tornare di là. Era stato un tormento. Lettere, suppliche… Autentiche? Forse no. Forse erano il frutto di minacce. Affermai che lo erano di certo, un'opera di coercizione: se i familiari desideravano veramente la sua felicità, non gli avrebbero mai chiesto di tornare. Lui mi guardò sorpreso. La desideravano, invece! Assicurò. Erano certi che la sua felicità non avrebbe potuto essere altrove. Non a Ovest! Con quali speranze era approdato dall'altra parte, pensavano di sicuro i suoi cari, un luogo dove erano soffocate dal superfluo, dall'orgia dell'inutilità, da un'ubriacante apparenza. Un nazismo mascherato, un grande magazzino, dove si pianificava il nuovo olocausto su scala planetaria ai danni dei Paesi più poveri. Uno s'ingozzava e cinque non avevano di che nutrirsi. Che destino era mai questo? Gli feci notare che così parlavano quelli della Baader-Meinhof, non si poteva porre la questione in termini tanto banali. Conrad si fece presago, socchiuse la bocca e annuì. Sembrava angosciato. Fissò un punto lontano nel tempo, ma perfettamente visibile. Disse che quando sarebbe venuta giù tutta la baracca, nemmeno allora l'avrebbero perdonato, nemmeno quando sarebbero stati loro, i suoi cari, parte del grande magazzino, liberi e felici. Io non capii. Chiesi che cosa intendesse con «tutta la baracca». Che cosa sarebbe venuto giù? Conrad trasecolò e mi guardò stupito negli occhi.

Il muro, disse. Quando avrebbero tirato giù il muro…

Conrad sfilò dalla tasca della giacca un'elegante fiaschetta d'argento e mi chiese se gradissi un sorso. Rifiutai, allora ero astemio. Cognac... Insistette. Napoleon! Ringraziai, ma non mi andava proprio. Con quel caldo poi... Mi svelò che gliel'aveva regalato qualcuno, poco dopo il salto, gliel'avevano cacciato in bocca, mentre gli altri lo tenevano fermo, forse per impedirgli di assecondare qualche scrupolo. Sentiva di avere forzato la sua natura, la sua fortuna, come se un impulso improvviso l'avesse spinto a puntare tutto ciò che aveva su un numero a caso; e come aveva recuperato lucidità e presa coscienza del suo gesto, mentre cercava di voltarsi indietro, qualcuno gli aveva infilato in bocca la fiaschetta. Il liquore gli era sceso in gola, aveva soffuso i nervi e ottuso l'animo, e lui si era sentito subito meglio, anche quando l'avevano sottoposto a insistenti interrogatori, gentili, certo, ma meticolosi, assillanti. Un sorso... Faccia pure, Conrad. Un sorso... Faccia con calma. E tutto diventava più sopportabile, anche il senso di colpa, quella crepa, dove loro frugavano e frugavano. Il cognac, come anestetico, era un portento. Cognac di marca. Napoleon! Da allora non aveva mai sospeso la terapia, non c'era metodo migliore.

Sembrava proprio non esserci altro mezzo. Conrad ci dava dentro senza posa come volesse spegnere la sete inestinguibile di certezze che perseguita i miscredenti e i rinnegati. Presto, il liquore finì. Conrad fece sgocciolare la fiaschetta sopra la bocca e poi si guardò intorno. La littorina rallentava. Poco dopo si fermò in una stazione secondaria, i soffietti si aprirono. Non salì né scese nessuno, restammo in attesa della coincidenza col diretto. Si udiva il frinire dei grilli riempire il silenzio pomeridiano. Di tanto in tanto saliva uno sbuffo dalle rotaie arroventate. Il mio compagno di viaggio mi chiese se al caffè della stazione avrebbe trovato del cognac Napoleon. Io dubitavo che tenessero liquori pregiati, ma se si fosse accontentato, qualcosa di bevibile doveva pure esserci. Conrad balzò in piedi e scese dalla vettura. La sua fu una decisione repentina, io mi sorpresi che un uomo provasse una tale necessità per i liquori da rischiare di perdere il treno. Lo seguii attraversare il binario ed entrare nel caffè. In quel momento, transitò il diretto e si allontanò. I soffietti si richiusero e la littorina si rimise in moto. Io mi affacciai al finestrino ma di Conrad, neppure l'ombra. Il treno accelerava, io lo chiamai a gran voce: «Conrad! Conrad!». Finalmente apparve sulla pensilina, guardò sorpreso il treno che partiva, fece per rincorrerlo… Esitò. Mi scorse affacciato e mi sorrise, fece segno che era lo stesso. Portò una mano alla fronte per proteggersi dal sole e, quando fui lontano, mi mandò un saluto.

Mi rincrebbe lasciare Conrad Schumann in quel modo, sperai che, almeno, avesse trovato il cognac e, se non proprio quello, almeno un distillato decente. In fondo veniva dall'Est, chissà che porcheria aveva bevuto da quelle parti! Veleno russo, buono a cucinarti il fegato e il cervello, a ridurti un automa: *eins*, *zwei*… Svegliarsi, dormire… Lavarsi, vestirsi… Avanti, indietro… Pensandoci bene, non era molto diverso dal mio quotidiano.

Mi dispiacque molto di più quando, molti anni dopo, lessi che si era tolto la vita.

1. Antifaschistischer Schutzwall

Agosto, 1961. Il rotolo di filo spinato svolto alla bell'e meglio all'imbocco della *Ruppiner Strasse*, segna il confine tra la DDR e il mondo liberato. Lungo la via, guardie, fotografi e cineoperatori. È un pomeriggio pigro, prevale l'indifferenza, condizione spirituale nella quale la Germania espia il proprio peccato. La città vi si abbandona col suo cielo pallido, il puzzo di nafta e di *Bratwurst*.

Nessuno ha voglia di immaginare nulla, nemmeno un pifferaio che faccia ritorno a illuderla di poterla liberare dal signor Ulbricht, dal ministro per la Sicurezza, dalla *Volkspolizei*, dai russi dell'Ottava armata, incolonnarli e condurli sul ponte e loro lasciarsi cadere nel fiume e trascinare via da Berlino, dalla Germania, dalla memoria. Miglior cosa sarebbe andarsene, abbandonare quel luogo ai corvi che solcano il cielo della città, nugoli di corvi. All'alba spariscono a ovest e tornano prima che faccia notte, vedono tutto ciò che accade di là, prima di chiunque altro, prima dei satelliti, degli osservatori sulle torri d'avvistamento, prima della *Volkspolizei*, del ministero per la Sicurezza di Stato e del signor Ulbricht, ma non capiscono nulla, non ricordano nulla. Non temono nulla. Forse perché non sono commestibili e nessuno ha mai tirato ai corvi. Sopravvivranno anche all'apocalisse nucleare, ripuliranno le città e le campagne dai cadaveri e dalle carcasse degli animali. La radioattività? Una bazzecola per chi digerisce anticrittogamici e fertilizzanti. Sarà lo stesso anche con il cobalto-60, il cesio-137, il plutonio-239, levati di mezzo durante il banchetto, alla faccia di ogni pregiudizio e superstizione. Tutto digerito. Finito di piluccare pannocchie e odorare il vento a caccia di una fragranza putrida, segneranno la fine della stagione umana. Che cosa avrà portato tutto quel bendidio? Si chiederanno. Qualcosa di simile a un dubbio spunterà pure nei loro piccoli cervelli… Stime del raccolto? Inverno gelido, grandinate estive: un disastro, i cereali. Non rimaneva più niente da piluccare. Migrare… E chi è mai migrato?

Sono ormai alcuni minuti che il *vopo* se ne sta pigiato contro il muro della *Ruppiner Strasse*, a due passi dal reticolato. Non si muove. Guarda a terra e fuma insistentemente. Bel modo di fare la guardia… La *pepeša* in spalla e la svasatura dell'elmetto lo rendono più slavo di quanto sia in realtà. Più orientale, insomma, che non significa asiatico, ma neppure lo esclude. Chissà se gli roda all'idea che qualcuno lo pensi. L'Europa è l'ossessione di chi controlla un confine ideologico. L'Europa inizia dalle sponde atlantiche, ma dove finisca esattamente è diventata una faccenda assai incerta. Più si procede a levante, più trascolora. Servirebbe un fiume per tagliare corto e qualcuno con l'autorità per stabilire quale. Si tratta di mettersi d'accordo. L'Elba? Troppo vicino. L'Oder, la Vistola? Ci possono ancora stare. Il Volga no. Laggiù, i volti umani assumono altre fattezze, vi si abbeveravano i cammelli. Troppo lontano, il Volga. Allora, dove? Almeno finché si trovino degli orti, gente china a cavare patate, verze, piantare fiori… Oppure, cimiteri. Grandi cimiteri. Fin dove si spingerà, l'Europa?

Il soldato si guarda intorno. Lo fa lentamente, forse vuole evitare di lasciar credere che stia assecondando un dubbio, un rimpianto. Ci saranno ancora tedeschi che se ne possano permettere? Non un sottufficiale della Polizia Popolare d'Allerta a due passi dai reticolati. Da quelle parti, non sfugge uno sguardo.

Dunque… Cinque passi. Uno sguardo su… Crocchio di sfaccendati che assistono ai lavori. Uno di là… Cineoperatori, gendarmi, polizia. Uno di fronte… Guardie lungo il marciapiede, uno ha l'arma imbracciata. Conversano. Due ragazze sedute sulla panchina… Chi avrebbe mai pensato di saltare dentro la Storia?

Oplà.

2. George Smiley

Una baracca d'assi, spoglia ma abbastanza confortevole, in apparenza incustodita, sicuramente isolata. Lui può uscire a suo piacere, fumare, persino camminare nel bosco. Dentro fa un caldo afoso, attraverso la finestrella aperta, riesce a vedere le cime degli abeti, voli d'uccelli. Silenzio. Branda, fornelletto, lampadina, il bricco del caffè e una bottiglia di Cognac. Cognac Napoleon. E sigarette, un plico di riviste occidentali di moda, auto, sport, viaggi, donne vestite, molto ben vestite, *à la page*.

Bussano. Qualcuno infila il capo, poi si volta e annuisce: il signor Schumann è sveglio.

Compare il funzionario, anglosassone anziano dall'aspetto rassicurante. Abito di tela chiara, piuttosto logoro, colletto della camicia slacciato che dà sfogo alle pliche del collo. Sembrano i bargigli di un vecchio tacchino. Scarpe marroni, risuolate. Le lenti degli occhiali, spesse come il fondo di una bottiglia. Se li leva e li pulisce col fazzoletto, sembra cieco come una talpa. La persona adatta con cui potersi confidare, che soppesa le parole, ma pure le apprezza. Un uomo di cultura, un filantropo. La porta si richiude alle sue spalle.

«Buongiorno, signor Smiley.»

«Buongiorno, Conrad. Perdonerete le limitazioni della vostra libertà, si tratta di un provvedimento temporaneo. Come vi sentite? Vi hanno portato le lamette? Non ancora... Provvederemo. Potete avere tutto ciò che desiderate, non dovrete far altro che chiedere. Vi assicuro che presto sarete finalmente un uomo libero, un cittadino nella Repubblica Federale o di qualsiasi altro luogo desideriate raggiungere. Berlino è una magnifica città, non trovate? Intendo dire, quest'altra Berlino. Ricordo quando passeggiavo per le strade, durante la guerra, speravo che non cadessero le bombe almeno sui monumenti, per la fretta che avevano i nostri di sganciare gli ordigni. Comprensibile avere fretta di allontanarsi; essere abbattuti, significava trascorrere mesi, anni di prigionia. Tempi duri, tristi, in attesa della fine delle ostilità e nell'incertezza di riuscire a resistere, a sopportare. Sarà stato il loro ultimo pensiero prima di lanciarsi dal velivolo nella notte tedesca, trapuntata dai roghi.»

Il vecchio funzionario si abbandonò a un sorriso amaro. Forse aveva evocato un episodio cui aveva assistito, conservato nella sua memoria smisurata, ma ancora vivo, da riconsegnargli l'emozione intatta, suscitata da un'opera di grande valore polverizzata, da una famiglia cancellata delle bombe, le stesse che lui aveva guidato sul bersaglio.

«Forse è stato così anche per voi, Conrad. Ricordate l'ultimo pensiero orientale? Quello che vi è passato per la mente, prima del filo spinato. Non potete esservene scordato. Vi sarà costato caro. Come strappare un nervo vitale e non avere la certezza che quel dolore sarebbe mai passato del tutto e che, forse, non era necessario perché le cose finiranno come tutti sperano, ma senza doverle precipitare come avete fatto voi. Chi può dirsi libero senza compromettere la coscienza? Anche i vostri cari, un giorno, saranno liberi. I vostri amici. Ma, sebbene godranno della medesima vostra condizione, ai loro occhi voi resterete un traditore, un infame. Conrad, l'infame! Colui che si lancia dal velivolo in fiamme mentre gli altri non ne hanno il coraggio, la forza, la possibilità.»

Il vecchio funzionario posò una mano sulla spalla di Conrad. Di più non avrebbe fatto, non era nel suo stile e non serviva.

«Non crediate che sia incapace d'immaginare ciò che vi è costato. È impossibile passare da questa parte con tanta leggerezza, per quanto si sia trattato di un salto. Atleticamente, un'inezia per un giovane come voi. Avrete valutato la situazione tattica e atteso l'attimo favorevole. Vi sarete chiesto se nessuno si sarebbe aspettato che una guardia della Polizia Popolare potesse arrivare a tanto e in un modo così semplice. Diverso sarebbe stato uscire da una galleria, coperto di terriccio, attraversare un campo minato a occhi chiusi, calarsi da una finestra... No, amico mio, sono state altre le corde che avete strappato, i lacci invisibili che incatenano ogni uomo alle sue convinzioni più profonde, nodi che si chiamano fedeltà, dedizione, affetto... Amore» annuì.

Il funzionario si passò il fazzoletto sulla bocca, soffriva il caldo molto più del suo ospite.

«Ciò che io voglio sapere, Conrad, è quanto a lungo avete maturato la vostra decisione, le ragioni che hanno prevalso dentro di voi, i compromessi con la vostra coscienza. Oppure se si è trattato di un'intuizione, di un raptus, una concorrenza di circostanze del tutto casuali che vi hanno trovato là, in quel momento, in quella via, prossimo al reticolato. Un semplice, inutile reticolato.»

George Smiley avvicinò il volto.

«È necessario che me lo confidiate, perché da questa parte... A ovest, intendo dire, ciò che voi avete fatto è sembrato a chiunque troppo semplice. Ve lo ripeto, non avete scavato gallerie, non vi siete arrampicato sui muri né siete passato indenne tra una gragnuola di pallottole. Un saltino e via. Uno scherzo andarsene dalla Repubblica Democratica! Ma non si tratta soltanto di questo, non avete dato prova della vostra consapevolezza, della determinazione necessaria per liberarsi di un vincolo tanto opprimente. Un saltino, Conrad! Io vi chiedo se è plausibile che a noi sorga il dubbio che liberarsi della tirannide sia un'operazione tanto semplice e sbrigativa. E allora, perché sono così pochi a provarci quando, come voi, ne avrebbero la possibilità. Che cos'è a trattenerli? Che storia stiamo raccontando all'opinione pubblica occidentale?»

«Se ho compreso, signore, sarebbe stato meglio se mi avessero sparato.»

«Molto meglio, amico mio! Molto utile. Sebbene io sia lieto che ce l'abbiate fatta. Umanamente ne sono molto lieto. Ora, però, mi dovrete raccontare il motivo che trattiene tanti dei vostri concittadini a Berlino Est, e che ha trattenuto anche voi fino ad ora, un giovane pieno di speranze. Fino al 1961! Perché, Conrad, in tutta sincerità, io non lo capisco.»

Conrad Schumann lo guardò con stupore, sebbene fosse la sua espressione usuale a farlo apparire tale. Una risposta, comunque, la dette.

«Signore, voi non mi sembrate affatto disposto a rinunciare all'idea che vi siete fatto di me.»

«Sarebbe a dire?»

«Insistete a confondermi con un eretico che ha scelto la via dell'esilio. Neppure io sono sicuro di cosa sono, in realtà, mi è mancato il tempo di riflettere. È capitato così in fretta... Dimenticate che la DDR era la mia casa, la mia patria. Capisco che questa parola in bocca a un tedesco evochi ricordi sinistri, ma chi non vorrebbe una patria, signor Smiley? Voi stesso chiamerete così la vostra, provando un sentimento d'orgoglio. Orgoglio legittimo, non intendevo metterlo in dubbio... Volevo dire soltanto che ve lo potete permettere. Da questa parte, Berlino la stanno addirittura ricostruendo, col vostro consenso, col vostro aiuto, persino col vostro perdono. Noi, invece, abbiamo solo cambiato faccia, le mostrine e l'elmetto, quella specie di tegame, ma non fingiamo di essere altri. Anzi, siamo molto simili a quelli che eravamo, molto più che di qua. L'ingiustizia è sentirci soltanto noi, gli sconfitti. Pagarla per tutti. E poi, posto che non pensiate che io sia caduto in contraddizione, è lo straniamento l'aspetto più opprimente, questo cambiare il senso delle cose.»

Conrad guardava a terra, si rigirava il pacchetto delle sigarette tra mani, ma non si decideva a estrarne una d'accendere.

«La finestra della mia camerata, a Dresda, si affacciava sulla città. La sera, la osservavamo. Centinaia di luci al neon. Sembrava lontanissima. Talvolta ci pervadeva il desiderio di ribellione, la tentazione di andarcene, ma se l'avessimo fatto, ogni fante avrebbe potuto decidere di gettare le armi, ogni emigrante di tornare alle sue miserie, ogni dissidente al suo silenzio. Sarebbero scappati tutti, ognuno avrebbe rinunciato al proprio destino. Non c'era alternativa. Vi dispiace se fumo, signor Smiley?»

«Fate pure, Conrad.»

Conrad Schumann accese la sigaretta e si appoggiò alla parete della baracca.

«Il tempo non era più una misura astratta, dettava le regole. La caserma ci sembrava simile a un sottomarino che attraversasse quegli anni e li osservasse dalla loro profondità. Chiusi nel suo ventre, noi avevamo lasciato un porto che non avremmo più ritrovato. Sembrava di andare alla deriva. Come qualunque altro uomo, avevamo maturato ognuno le proprie abitudini, le avevamo adattate al nuovo corso della nostra esistenza, ma la disciplina era concepita allo scopo di cancellarle e ci avrebbe disorientati se non avessimo accettato di uniformarci al programma che scandiva il ritmo delle nostre giornate. È stato necessario e questo ci ha reso la vita più facile. Se ci fossimo convinti della sua validità, avremmo soppresso ogni rimpianto. Del resto, signor Smiley, che rimpianto poteva mai nutrire uno come me, nato nel 1942, in Sassonia? Infine, ci siamo finalmente sentiti parte di qualcosa cui appartenere, credo come fanno i cani chiusi in un serraglio. Non serviva pisciare per marcare il territorio, a quello scopo si erano inventati il muro. Così, pisciavamo contro il muro.»

George Smiley si concesse alcuni attimi di silenzio. In quel momento era cosciente di rappresentare l'alternativa al solo sistema valoriale che quel giovane aveva conosciuto e di dovergliela prospettare assecondando le sue più ferme convinzioni, ma senza palesare dubbi né cadere in contraddizione, come spesso accadeva a ogni cittadino britannico cui era affidato il compito di far rispettare le regole che il suo grande Paese aveva imposto a mezzo mondo. George non era certo un ipocrita. Invece, l'invitò a considerare una prospettiva che lui stesso trovava piuttosto fiacca e che si era ritrovato in bocca in una circostanza analoga, ma che non trovava degna di un pensiero coerente. Si era trattato di una necessità, la prima disponibile per evitare di scivolare nella parte complementare di sé. Rammentandolo, dovevano addirittura avergliela messa in bocca.

Purtroppo, se ne accorse troppo tardi.

«Considerate, amico mio, che, nonostante tutte le sue storture, il mondo capitalista vi potrà sempre offrire una dimensione personale che altrove vi sarebbe preclusa.»

L'aveva detto. Affilò le labbra e cercò di evitare lo sguardo di Conrad.

«Quando dite "una dimensione personale", intendete dire... umana?»

George Smiley annuì prima di rispondere. In un certo senso Conrad l'aveva tolto dagli impicci.

«Umana, certo.»

George Smiley parlava per sé. E se lui, nonostante tutte le storture, c'era riuscito, perché anche gli altri non avrebbero dovuto farcela? Questo, però, significava che di là era negata la condizione sufficiente a permetterlo e questo era un giudizio morale oneroso, anche se era stato lui a esprimerlo, tale da richiedere una fiducia incrollabile non solo nel genere umano, ma nel requisito essenziale perché concretizzasse i suoi migliori propositi.

«Devo essere certo che la vostra fuga sia la conferma di ciò che vi ho espresso. Posso esserne certo?»

«È importante che lo siate?»

«Importante per voi, perché possiate andarvene libero per le strade di Berlino, Amburgo, Francoforte. E quando camminerete per un mercato di queste magnifiche città, restituite alla dignità tedesca, all'operosità di questo popolo e al suo ritrovato benessere economico e morale, voi facciate come tutti gli altri concittadini che valutano la freschezza della frutta, non certo la disponibilità, perché sarà sempre disponibile, a prescindere dalla stagione. E quando vi accosterete a un autosalone della Mercedes, non pensiate che un'auto così non ve la potreste mai permettere. Potrete, Conrad. Pensate che potrete averla, si tratta di un banale fatto economico.»

«Posso farvi una domanda scomoda, signor Smiley?»

«Dite pure.»

«Per quale ragione in ogni Paese occidentale esiste un partito comunista, mentre nella Germania Federale è stato bandito?»

«Credo si tratti di una forma di coerenza sociale e di convenienza ideologica.»

«Non del contrario?»

«No, amico mio, non si tratta del contrario.»

Berlino tentava Conrad Schumann con la sua appiccicosa promiscuità, il senso d'impunità e di sospensione morale che strisciava per le sue vie, il desiderio di addentarla e fuggire, lasciarle un segno profondo, una ferita. Conrad la sentiva cedevole e accogliente, pure nella sua crudezza. Era molto giovane, temeva che il suo sguardo riflettesse ogni pensiero, sensazione e lanciasse una sfida, una profferta indecente. Qualcuno doveva mediare tra lui e la metropoli, fare da filtro tra la coscienza e la sensibilità. Per fortuna, c'era il signor Smiley.

Da che era di là, lo seguiva in ogni passo, in ogni luogo, a protezione della sua integrità, discretamente, professionalmente, col fare disilluso e innocuo di un vecchio signore. Eppure, bastava che alzasse le palpebre perché l'occhio indagatore gli conferisse un aspetto acuto e sinistro.

Non appena si accorse che lo seguiva, Conrad si fermò ad attenderlo e lui lo raggiunse quasi scusandosi. George Smiley! Si lasciò sfuggire, poi si guardò intorno. Lui fece altrettanto. Non si strinsero la mano per ragioni di segretezza, ma proseguirono insieme e in silenzio per un certo tratto, finché si salutarono e ognuno andò per la propria strada. Imbruniva. Si accendevano i primi lampioni nelle strade di Berlino, cadeva qualche foglia. Era sabato, forse domenica.

Il vecchio George camminava per le vie della metropoli su gambe rigide, torturato dall'umidità e dal freddo, le scarpe intrise d'acqua, vittima del suo cliché di uomo sfortunato che non riusciva a evitare le pozzanghere. Forse lo faceva di proposito: un vecchio che finisca in ogni pozzanghera non può che essere un uomo rassegnato ai colpi bassi della vita. Le lenti si appannavano e lui le strofinava tra i lembi del fazzoletto, poi si guardava intorno con occhi miopi e strizzava le palpebre sull'universo sbiadito. Che cosa avrebbe potuto attirare un uomo così che non fosse una vetrina di libri usati o di generi alimentari? La vita l'aveva reso malinconico, come ogni altro che si aggirasse per le strade di Poznan, Budapest, Sofia, Praga, Kiev... Lui poteva essere ognuno di loro, un polacco, un ungherese, un bulgaro. I vecchi solitari si somigliano tutti. Come un tempo incedeva per le strade del Reich ed esibiva documenti falsi con movimenti lenti e naturali, così varcava la frontiera con la Repubblica Democratica. La polizia cedeva il passo per rispetto di quell'anziano. Un combattente, un decorato! Proprio per via di quel tratto l'avevano scelto e mandato là. Per la rassegnazione. Sfuggiva al nemico lo sguardo avido e rapace, dispiegato oltre le lenti, addestrato a cogliere una minima falla nella cappa plumbea che avvolgeva le città d'oltrecortina, a decifrare ogni segno di cedimento dei suoi abitanti tristi. Quanti treni partivano? Che disponibilità di benzina ai distributori? Quanto pane nelle vetrine? Frutta? Valutazione dell'efficacia del piano quinquennale. Anche quello di Conrad sarebbe stato un piano quinquennale di inserimento nella società dei consumi. Bisognava vigilare che non sentisse il desiderio di abbandonarsi a qualche deriva, a cedere a chissà che passione, e diventasse un bravo ragazzo sostenuto da un sano pensiero conservatore, scettico, credente, allineato, senza però mai mostrarsi acritico, bigotto e supino. Così sarebbe diventato molto presto un cittadino della Germania Federale con idee chiare e peccati perdonabili. Per questo gli era utile George Smiley.

George apparteneva all'élite della ragione e il piano su cui elaborava i suoi teoremi non poteva trovarsi troppo in basso nell'architettura sociale. Interpretava il pensiero articolato, le trame sottili, le strategie raffinate, il tutto invariabilmente intessuto d'intelligenza, di memoria e di sapere. Non era un uomo da bassifondi, da rapporti diretti e sbrigativi. Per questo era in balia della vita e vittima dei suoi istinti più bassi, che spesso corrompevano la sensibilità e contaminavano gli affetti di chi gli era accanto. Lui non comprendeva le infatuazioni, le passioni, i fanatismi. Era il limite oltre il quale il suo compito sarebbe stato inefficace, lui che si batteva contro l'istituzionalizzazione di questi eccessi. Il suo scopo era tenere Conrad lontano da quel tipo d'insidie, non certo cavarlo d'impiccio. La sua splendida moglie era rimasta invischiata nelle acque torbide dell'esistenza, dove lo sguardo di George non giungeva nemmeno attraverso le lenti dei suoi occhiali, nemmeno attraverso un microscopio che scrutasse la materia nella sua essenza strutturale. Ci sarebbe riuscito levandoseli e accostando il volto a una distanza prossima al contatto con la superficie, ciò che annulla ogni prospettiva, ogni speculazione, e si fa esperienza primordiale, tentacolare, olfattiva. Lui, Conrad, doveva colmare proprio questa distanza, arrivare a contato con ciò che gli era estraneo, fino allora, impercettibile a causa dell'età, del decoro, della diffidenza. Dell'ideologia.

3. János Boka

Poco tempo dopo avere forzato la barriera di protezione antifascista che, in poche settimane, si era richiusa dietro di lui, alacremente, definitivamente, grazie a una catasta di mattoni e alcune secchiate di cemento, Conrad trovò un amico con cui aggirarsi per i luoghi e i paesaggi di quell'epoca, il solo su cui potesse contare. Era saltato fuori da un libro proibito a Berlino Est, introvabile addirittura al mercato nero.

János Boka era vissuto a Budapest, ma si era stancato della spirale nella quale era imprigionato e lo costringeva sempre daccapo: ogni volta che una generazione prendeva coscienza di sé, lo obbligava a ricominciare dall'inizio, finché tutto si concludeva nella disillusione. Si era stancato della ciclicità che ne faceva un personaggio adatto a ogni stagione umana e lo obbligava a vivere le stesse situazioni, antropologicamente diverse ma assai simili tra loro. Così, era sgattaiolato fuori dalle pagine, come un topolino dalla gabbia, ma, per poterlo fare, aveva dovuto rosicchiarle, consumare lettere, parole, intere frasi. Aveva dovuto rimangiarsele, scendere anche lui a compromessi, rinunciare all'eternità. Era diventato lui stesso un topolino, uno dei tanti che gli uomini tentano invano di addomesticare, ma che, avendo vita breve, vengono sorpresi dalla morte appena imparano le prime cose e cominciano a fidarsi dei loro padroni. Muoiono troppo presto. E loro ne ricomprano un altro e poi un altro e la faccenda si ripete, come se la vita potesse ricominciare daccapo.

Anche János non aveva rispettato le zone d'influenza ed era passato di qua. Quando si aggiravano per le vie di Berlino Ovest, incollava la fronte al vetro di ogni pasticceria e sbirciava le prelibatezze di crema e glassa allineate nelle teche di cristallo. Lui non aveva mai assaggiato nulla di simile. Conrad provava un certo imbarazzo di fronte a tanta cupidigia. Per non parlare delle donne, János le sbranava letteralmente con gli occhi. Era pur vero che il tempo cambiava e con il caldo solevano scoprire gambe e braccia come mai avevano fatto prima d'allora, ma c'era un limite anche alla bramosia. Sembrava che János le vedesse per la prima volta. Indirizzava loro fischi e lazzi molesti e quelle poverette si nascondevano dietro le amiche o si infilavano in un caffè. Un giorno, una di loro, fatta oggetto degli apprezzamenti scollacciati di János, richiamò l'attenzione delle guardie e loro furono costretti ad allontanarsi di tutta fretta.

János Boka rimaneva tenacemente legato al suo quartiere, la patria-segheria. Non si sarebbe mai mosso di là se non fosse stata tumulata sotto un grande palazzo, annullato lo spazio e il paesaggio quotidiano. La ferita più dolorosa che si possa infliggere a un uomo è disorientarlo, non già per avergli confuso la rotta, ma per averlo posto sulla via di un ritorno che non conduce più a nulla, se non dentro di sé. Per tale ragione il ministero della Cultura aveva proibito la lettura di quel libro.

Si lasciavano a mezzogiorno, all'ora di pranzo. Conrad aveva appetito mentre il suo amico, salvo desiderare i dolciumi, non si curava molto dell'alimentazione. Conrad sosteneva che venisse fame perché era mezzogiorno, János replicava che si facesse quell'ora perché si aveva fame. Nessuno dei due era disposto a recedere dal proprio punto di vista. Un giorno, si radunò intorno a loro una piccola folla, metà schierata dalla parte di János, l'altra metà d'accordo con Conrad. Furono prossimi a scontrarsi, sennonché una guardia di colore della polizia militare americana li sorprese a tal punto scaldati che sentì il dovere di frapporsi e di chiedere che cosa stesse accadendo. Glielo dissero. Il militare si passò una mano sul mento e lasciò correre lo sguardo, confessò di non averci mai pensato e chiese se le loro fossero certezze oppure opinioni. Nessuno ebbe il coraggio di affermare che si trattasse di certezze, al che il militare li ammonì che per il diritto di esprimere le proprie opinioni certa gente si era fatta la galera e che si vergognassero! La folla si diradò. Ci rimasero male, però si accordarono di rincasare perché il pranzo era pronto e non perché avessero fame o fosse mezzogiorno.

Sostavano spesso nei parchi della città, sotto gli alberi. János si divertiva ad addomesticare piccole bisce che sorprendevano intorno agli stagni. Le costringeva ad arrotolarsi intorno alle dita finché non ne percepivano l'inoffensività e protendevano il capo alla ricerca di un appiglio. Conrad Schumann l'osservava colmo di meraviglia destreggiarsi con i rettili che chiunque altro avrebbe scacciato o calpestato. Lui odiava le crudeltà contro esseri innocui e indifesi, aborriva quel gusto di dare la morte come se si trovassero di fronte a una minaccia, solo perché si palesava strisciando. Era uno spreco inutile, per mancanza di fantasia.

Molti anni dopo, i tempi cambiarono e il suo amico partì alla volta di Budapest. Tornò alla sua Ungheria, finalmente libera. Conrad si era augurato che non riuscisse a raggiungerla e che il suo treno si perdesse nella notte d'Europa, per il crollo di un ponte sul fiume Danubio, ceduto sotto il suo peso, e se ne perdesse la memoria. Non fu per egoismo, ma per preservare una certa quotidianità. Soltanto così nessuno avrebbe più potuto sigillare la loro storia tra le pagine, ma avrebbe lasciato le cose in sospeso, come meritavano. Sarebbe appartenuta soltanto a loro.

Quei tempi, però, erano ancora lontani, chi li avrebbe mai immaginati allora, con l'*Antifaschistischer Schutzwall* fresco di calce, ancora senza uno scarabocchio né di qua né di là?

Una di quelle estati, quando ancora Conrad Schumann seguiva il programma di inserimento e si aggirava per le strade di Berlino Ovest senza una meta, assecondando ciò che restava della curiosità e della fantasia che si andavano affievolendo, torturato all'incessante senso di colpa, condusse János nel punto della Ruppiner Strasse, dov'era saltato fuori dalla DDR.

L'incrocio era scomparso, il muro lo sbarrava irrimediabilmente. L'avevano tirato su male e in fretta, oscenamente sghembo, come per dispetto. Stonava con tutto il resto. Gli ricordava sua madre quando lo chiudeva fuori perché aveva alzato il gomito e, per forte che bussasse, non c'era verso di convincerla ad aprire. E lui passava la notte all'addiaccio, in compagnia delle guardie russe dell'Ottava armata, distese ovunque, nel sonno etilico durante il quale mormoravano frasi incomprensibili, sognavano casa, sognavano una donna, non sapevano che cosa sognavano.

«Sono fuggito di qui» indicò la barriera.

Il suo amico la osservò con una certa tristezza. Forse pensava alla sua via, alla segheria tumulata sotto un palazzo di proletari. Anche lui era figlio di proletari – di poveracci, per meglio dire – e la segheria andava in malora. Per far pari, avrebbero dovuto tirare giù anche l'orto botanico, piantare un campo di verze e cavolfiori da vendere ai proletari per poche corone, ma sarebbe valso a frustrare la sensibilità magiara per le meraviglie naturali, in una fase di grande fervore nazionalista.

«Io non l'avrei fatto. Non ti sto biasimando, Conrad, vedi di non fraintendermi. Io appartengo a una stagione umana che non ho mai oltrepassato. I muri per me sono fatti per arrampicarvisi, per gioco, per curiosità. Ma se decidessi di farlo adesso, anch'io mi troverei escluso da qualcosa che non ritroverei più, che m'impedirebbe di tornare da capo. Non guardarmi così, Conrad. Rifletti. Hai mai pensato di contare i giorni come si contano gli anni, non più da uno a trenta, ma da uno all'infinito? Che senso avrei più, io? E tu, che senso avresti? Chi si ricorderebbe del 15 agosto 1961 se il 15 di agosto non tornasse più? Dovrei crescere anch'io, invecchiare e morire. Questo muro, amico mio, ha ben poco di eterno, così come non l'avevano le mura di Troia e di Costantinopoli, la linea Sigfrido e la Maginot. Un certo giorno, verranno giù, Conrad, e tutti si ricorderanno, festeggeranno negli anni a venire. I traumi si stemperano nelle ricorrenze, è il motivo che ci fa immaginare il tempo circolare.»

János aveva conservato ogni parola, ogni gesto, senza immagazzinarne il senso che non fosse quello immediato, fuggevole, folgorante, un lampo che si spegneva istantaneamente. A che serviva la memoria se non a predisporne una replica fuori copione? A che serviva il sapere se non a conferire gravità al gioco, renderlo una tragica parodia della Storia? A che serviva il futuro? Nessuno ha mai riflettuto che fossero i suoi giochi, la parodia, mutuati i gesti dalla realtà adulta; neppure immaginavano che fossero l'elaborazione dei traumi offerti dalla Storia, una lettura tollerabile dell'orrore, mandata in scena da una compagnia di attori senza talento.

Ma era meglio così, di ciò che sarebbe stato servito in un futuro allora inimmaginabile, sia a Berlino sia a Budapest, ottavo distretto: le statue di bronzo dei ragazzi posate sul marciapiede. L'adolescenza coagulata avrebbe suggerito un'infinita tristezza mentre, tutt'intorno, le cose sarebbero mutate vorticosamente. Non avrebbero mai espresso la magia dell'uomo uccello, a Kensington Garden, che s'incontra tra le fronde e la pioggia, senza doverlo cercare, ma sarebbero rimasti chini sul marciapiede, all'undici di via Práter, nella più assoluta indifferenza. Quando un bel sogno si addensa, rotola fuori dai confini della fantasia, come una pietra tombale sui nostri giorni migliori; non avrebbe conservato la leggerezza di Peter che, talvolta, sebbene si cerchi con perseveranza per tutta Kensington, non si trova. E se qualcuno non si trova, forse, è perché non c'è.

Conrad Schumann sentiva la necessità di lasciarsi alle spalle Berlino, trasferirsi in un'altra città. Monaco, Francoforte, Düsseldorf sarebbero andate benissimo per costruirsi una vita decente, trovare una casa, un lavoro, formare una famiglia. Probabilmente la presenza del muro lo faceva sentire troppo vicino alla patria, tanto vicino da subirne il richiamo. Temeva che, se le circostanze l'avessero favorito, se l'occasione si fosse presentata, non avrebbe escluso un ravvedimento. Se un funzionario del ministero per la Sicurezza, per esempio, l'avesse avvicinato, senza minacce né coercizioni, gli sarebbe bastato riconoscere la pronuncia, riascoltare la cantilena, la monotonia soporifera di quelle sirene, come un mantra, il suono di un piffero che gli solleticava la coscienza, per convincerlo a ritornare.

Non c'era più una ragione a trattenere nemmeno János Boka a Berlino, tramontato il suo universo tradizionale e particolare, non già in lotta tra il bene e il male ma tra la bellezza e l'oscenità, l'utile e l'inutile, la necessità e il profitto, nel grande mare della relatività e dell'imperfetto, con un'irrimediabile sconfitta. Il male non era estirpabile, si ritirava soltanto entro i suoi confini naturali. La storia finiva nella disillusione e i conti non tornavano mai: i debiti stemperati nell'oblio, il rimpianto di tutto ciò che andava perduto.

Conrad Schumann avrebbe conosciuto volentieri una ragazza. Dopotutto, una donna è una patria, il grembo dell'umanità. Purtroppo, le donne della Repubblica Federale si disinteressavano di lui, lo ignoravano. Sembrava che, addirittura, lo evitassero. Perché? Che cosa c'era in lui che non andava? Parlava un ottimo tedesco, era sempre gentile e cordiale, premuroso. Si avvicinava alle ragazze e chiedeva di portare loro la sporta della spesa fino a casa, gli avrebbe fatto molto piacere. Fermava per strada una signora e le domandava educatamente se per caso acconsentisse a bere qualcosa con lui, cenare insieme, andare al cinema, al luna park, nel tunnel dell'amore... Così si ritrovava spesso al commissariato, trascinato dai poliziotti che accorrevano, perché quelle prendevano a sbracciarsi, a urlare, chiedere aiuto. E dire che lui non si era mai proposto in modo sconveniente, non fischiava né rivolgeva frasi importune com'era solito fare il suo amico János. Come si doveva avvicinare una donna a Berlino Ovest? Chiedeva all'ispettore. E quello gli rispondeva domandandogli come facessero loro di là.

«Be', si fermavano per strada e si domandava loro se gradissero bere qualcosa.»

«Come di qua» l'interrompeva l'ispettore.

Allora, c'era qualcosa in lui che non andava, che insospettiva, si struggeva Conrad.

«Siete sicuro di non essere troppo diretto?»

«Diretto?»

«Sì, insomma, un po' troppo sbrigativo.»

«Ma no, vi assicuro! Posso farvi una domanda personale?»

«Ma certo.»

A quel punto tutti i funzionari presenti e le guardie si facevano intorno a Conrad, per ascoltare, capire.

«Voi siete sposati?»

Annuivano tutti.

«Io sono divorziato ma convivo con un'altra, divorziata pure lei» era intervenuto un tale. «Mia moglie, però, vorrebbe che tornassimo insieme, allora faccio un po' da una e un po' dall'altra.»

«E loro lo sanno?»

«Certo che lo sanno, ma bisogna provare per convincersi di quello che è più giusto fare.»

«Però a me interessava capire come avete conosciuto le vostre signore.»

«Io l'ho incontrata per strada e le ho chiesto se le facesse piacere bere qualcosa insieme.»

«Io le ho telefonato, le ho chiesto di cenare con me.»

«Già vi conosceva?»

«No, non mi aveva mai visto.»

«Mai visto?»

«Mai.»

«E si è fidata?»

«Le ho chiesto di cenare, non di scannarla.»

«Ci dev'essere qualcosa in me che non va» scuoteva il suo testone.

E tutti a consolarlo, a incoraggiarlo.

«Probabile che sappiano chi sono e non si fidino.»

«Ma che dite? Voi siete più famoso di Bob Hope e Guy Lombardo. Alle ragazze piace uscire con personaggi noti.»

«Chiamate Birgit, sentiamo che ne pensa lei. Birgit è l'assistente del commissario.»

Accorse Birgit, attratta da tutto quel chiasso.

«Birgit, tesoro, vorremmo un parere da una donna. Usciresti a cena con Herr Schumann?»

«Chi è Herr Schumann.»

«Lui.»

«Voi siete quello che se l'è battuta da Berlino Est?»

«Sì, madame.»

«Purtroppo, io sono sposata, Herr Schumann.»

«Non è questo il punto Birgit. Poniamo che tu non lo sia.»

«Herr Schumann è un po' troppo giovane per me.»

«Insomma, Birgit, se tu avessi la sua età e fossi sola...»

«Intendi dire... libera.»

«Libera, certo. Scusa, Birgit.»

«Be', non è un brutto ragazzo. Bisognerebbe sapere che cosa pensa, come si trova da noi. Magari è meglio di tanti altri, ma io... che volete che vi dica?»

«Grazie, Birgit!»

«Grazie, madame.»

C'era poco da fare, Conrad Schumann si sentiva impreparato ad affrontare una metropoli occidentale. Avrebbe potuto ritornare sui suoi passi, presentarsi al checkpoint e confessare di essersi ingannato, di essere pronto alla rieducazione. La *Volkspolizei* sarebbe stata disposta a riprenderlo. La *Volkspolizei* probabilmente no, ma una fonderia, un cementificio di sicuro. Nessuno l'avrebbe fermato, nessuno si opponeva ai passaggi nel settore orientale, conoscevano il prezzo della conversione, a meno che si trattasse di scienziati, transfughi o spie. Conrad era comunque sicuro di essersi procurato un'opportunità irrinunciabile. Purtroppo a causa del salto che aveva eseguito con tanta leggerezza, era diventato più celebre di Mister Ok. La fuga dall'indifferenza orientale l'aveva consegnato alla diffidenza di quell'altro settore, atteggiamenti che producevano il medesimo effetto.

Bisognava che ne parlasse al signor Smiley. Piuttosto, dov'era finito George Smiley?

A Berlino Ovest, Conrad aveva trovato solo la dimensione adulta della propria inconsistenza, ma non ancora il modo di rassegnarvisi. Sapeva di essere valso qualcosa nell'istante in cui si era trovato a metà strada, sopra il confine, ma di non avere abbastanza per pagarsi il soggiorno da quest'altro lato. Morto sì, morto avrebbe colmato il disavanzo anche in termini economici. Purtroppo, non era stata una fuga spettacolare, in piena notte, tra un abbaiare dei cani e colpi di fucile.

Per questo motivo il sospetto che Conrad Schumann fosse un contrabbandiere anziché un rinnegato persisteva nella mente di George Smiley. Se nessuno l'avesse ripreso durante l'acrobazia, forse sarebbe tornato nella DDR con un gruzzolo di valuta pregiata, calze, penne stilografiche, frutta, ma che cosa poteva trafugare da questa parte che già non avessero? Non certo segreti militari né altre informazioni riservate, queste cose erano appannaggio di personaggi come lui. Probabilmente si trattava di qualcosa che a ovest non si produceva più, era passato di moda. Articoli che, in futuro, si sarebbero definiti vintage. Lui si affannava a tirare fuori dal tascapane confezioni di *bratwurst*, cetriolini, frutta sciroppata...

«Aspettate, Conrad...»

«Latte condensato, galletta...»

«Aspettate...»

«Camiciola in viscosa. Poliestere morbido, non fa le pieghe.»

«Conrad...»

«E questi jeans? Fatti da noi. Indistruttibili, idrorepellenti.»

«Conrad, le abbiamo già avute queste cose, non le vuole più nessuno. È robaccia! Dovrete aspettare che diventino vintage.»

«Diventino cosa?»

«Vintage.»

«Che significa "vintage"?»

«Così ci si riferisce a certi oggetti che abbiano rispecchiato la cultura, la simbologia, la mentalità di un determinato periodo e che un giorno li riporteranno in voga. Tra qualche anno, forse, potrete rivenderli, venti volte il loro valore. Allora potrebbero simboleggiare un gusto chiamato *Ostculture*! Oggi, invece, danno l'idea di essere paccottiglia prodotta il decennio scorso, di cui nessuno sapeva più che farsene e allora l'hanno data a voi, tanto per non buttarla via. È un peccato buttare la roba.»

4. L'uomo uccello

Conrad amava camminare per la Brughiera delle Lepri, il parco che si stende a nord di Tempelhof, a pochi passi dal checkpoint Sonnenallee. Lassù provava la sensazione di trovarsi lungo un crinale, tale a una goccia di pioggia che cada verso un grande bacino fluviale piuttosto che un altro e che finisca lontanissima, fino a un oceano o a un altro, indifferentemente. E questa sensazione d'incertezza gli provocava un brivido. E così, ogni aereo che saliva nel cielo di Berlino l'avrebbe portato ovunque. Il suo pensiero si perdeva in quella lusinga; mentre i parenti di ritorno a Berlino Est che facevano la fila al checkpoint Sonnenallee gli indicavano la strada di casa, un grigiore che aveva amato perché conservava il suo tempo.

Era in quel punto del parco che il dolore della lacerazione si faceva sopportabile. Chissà che anche lui, come una goccia d'acqua, non attendesse che il destino venisse a portarlo via, sollevandolo dalla colpa di esservisi sostituito, spiccato il volo dal settore orientale senza ali adatte. Per questo gli piaceva sostare dinnanzi allo stagno a osservare gli uccelli galleggianti che attendevano le tenebre. Il vento increspava l'acqua e le immagini riflesse delle canne e delle cime degli alberi. Se ne stava seduto là, finché il sole tramontava dietro la foresta di Hasenheide e scendeva l'ombra della sera.

Conrad svolse il cartoccio dove teneva i sandwich. Tonno e uova sode. Consumò la cena e buttò l'ultimo pezzo di pane nell'acqua, attese che i pesci lo assalissero e lo facessero oscillare, invece sopraggiunse un'anatra che lo divorò, e un'altra, e un'altra… In pochi istanti, lo specchio d'acqua di fronte a lui fu un pullulare di palmipedi starnazzanti che reclamavano cibo. Lui, però, non aveva più nulla e il fatto di avere causato tanto fracasso lo imbarazzò, perché i passanti l'osservavano sorridenti. Per fortuna non l'avevano riconosciuto, altrimenti avrebbero potuto accusarlo di crudeltà. Conrad non immaginava che il rapporto tra gli uomini e gli animali, da qual lato di Berlino, fosse paritario. Così si alzò e abbandonò lo stormo che tacque istantaneamente. Che prepotenza, pensò. Non immaginava di avere rotto l'equilibrio dell'ecosistema.

S'incamminò verso la fermata dell'autobus. Fatti pochi passi, si accorse che qualcuno lo seguiva facendosi largo tra la folla, accelerava se lui accelerava e rallentava quando rallentava. Conrad Schumann si voltò più volte, finché decise d'imboccare un viottolo poco illuminato e di mettersi a correre. Sbirri della Sicurezza di Stato, pensò. L'avevano localizzato e adesso volevano trascinarlo al checkpoint, riportarlo a Berlino Est. A mano a mano che percorreva il viottolo, i suoni si facevano sempre più lontani, finché giunse a un ponticello, si fermò e si guardò intorno. Nessuno. Solo alcuni visitatori che lasciavano il parco, altri che indugiavano sulla riva dello stagno. L'aveva seminato. Tra lui e l'acqua s'interponeva una barriera d'arbusti, mentre alla sua sinistra crescevano salici e faggi. Riprese a camminare. Il sentiero si strinse e la vegetazione lo ricoprì simile a una volta attraverso la quale filtrava poca luce. Rimbalzando su passi frettolosi, una voce convulsa lo chiamò disperatamente.

«Conrad...»

Fradicio di sudore, la cravatta slacciata e la camicia fuori dai pantaloni, trafelato, un ometto lo raggiunse. Sembrava fuori di sé.

«Chi sei?»

«Aspettami, Conrad... Sono io, Peter Geyer... Dresda, l'addestramento...» l'afferrò con entrambe le mani e lo trascinò verso una panchina. Si sedette per riprendere fiato, ma non gli lasciò il braccio.

«Ti ho notato lungo il laghetto...» disse e si deterse il sudore con il fazzoletto.

«Mi hai notato?»
«Ti ho seguito allontanarti nel parco...»
Conrad si guardò intorno e gli si sedette accanto.

Peter Geyer respirò profondamente. Gli occhi arrossati, scrutavano intorno. Puzzava di brandy. E ancora lo tratteneva con una mano, temeva che l'abbandonasse sulla panchina.

Conrad l'osservò, avvertì un brivido, una sorta di presagio. Si voltò di qua e di là. Erano soli. Paranoia.

«Da che te ne sei andato, nessuno ha più saputo nulla di te. Capirai. Un sottufficiale che abbandona l'esercito è un'onta incancellabile. Raccontavano che eri stato trasferito. Vietato persino pronunciare il tuo nome. Vietato rispondere a chi ci avesse domandato qualcosa di te. Riferire subito. Così ce l'hai fatta...»

«Ce l'ho fatta» rispose Peter. «Della mia fuga non sa niente nessuno. Nessuno mi conosce, tranne quelli che mi danno la caccia. Tu, invece, sei un simbolo. Saresti un simbolo anche se tornassi di là, trattato con tutti gli onori. Un'assicurazione sulla vita, la tua. Ad attendere me, invece, c'è la forca.»

«Come te la sei passata per tutto questo tempo?» gli chiese e lo sbirciò, non poteva fargli una domanda più inopportuna.

«Male, amico mio. Il mio problema è lasciare questa città.»

«Che cosa te l'impedisce?»

Peter lo guardò.

«Proprio tu me lo chiedi? Di un po', Conrad, cos'hai trovato a Berlino Ovest d'irrinunciabile? La libertà? La libertà costa. Anch'io credevo che mi avrebbero spalancato ogni porta, ma non sapevo fare niente, tranne la guardia. Uno che se la batte, poi, che garanzie può dare? Infine, c'è il vizio...»

«Che vizio?»

«Andiamo, Conrad... Lascio una scia ovunque vada. Nemmeno come garzone mi prenderebbero. E farebbero bene, perché fuggirei con i soldi della spesa. Sono già stato dentro. Furtarelli, borsa nera... L'alcol costa caro.»

Peter Geyer era stato sottufficiale istruttore al centro di addestramento reclute della *Volkspolizei* a Dresda. Aveva trentaquattro anni, ma sembrava già vecchio, un uomo invecchiato precocemente, come i frutti che avvizziscono prima di giungere a maturazione, inadatti ad affrontare le iniquità climatiche per una loro connaturata delicatezza. Soltanto gli occhi erano rimasti quelli di un tempo, straordinariamente vivaci, di un'avida curiosità, come se dovessero registrare il prima possibile tutto ciò che accadeva.

A Conrad Schumann tornarono alla mente quei tempi, alla NVP, a Dresda. Sveglia all'alba, addestramento, lezioni tenute dai commissari nelle aule della scuola. Disciplina. I metodi educativi erano ossessionanti, ma avevano il pregio di ripulire le coscienze senza annichilirle nell'espiazione del peccato. Accade sempre agli sconfitti, assoggettati al nuovo potere, di risorgere brandendo le armi del nemico, diventano i suoi sbirri più fedeli, animati di una ferocia repressiva che sgorga dal rancore e dall'avvilimento. Ma Peter non era un istruttore spietato, indurito dagli eventi che avevano travolto i tedeschi e cambiato le cose senza che nella sostanza cambiasse nulla. Aveva vissuto la guerra nei suoi aspetti più atroci, dal fasto inebriante della salita al potere, alle celebrazioni delle vittorie, la repressione, lo sterminio, fino al crollo sotto le bombe e l'orda sovietica. Il prezzo della sua sopravvivenza era stato d'invecchiare istantaneamente, per l'incapacità di portare il suo volto oltre il proprio tempo. La stessa cosa era accaduta a gran parte dei tedeschi, ma pochi come lui, tra chi era sopravvissuto, personificavano tanto realisticamente la tragedia di un popolo. E questo costituiva un problema nella nuova società che si andava consolidando nella DDR, nell'oblio del passato.

Peter beveva smodatamente. All'adunata del mattino, faceva compassione per come si presentava. La divisa era in ordine, gli stivali lucidati, il berretto perfettamente calzato, eppure palesava per intero il baratro morale nel quale rotolava sempre più in basso. Tuttavia, non si rendeva sgradevole alle reclute. Malgrado l'umore, si concedeva a lunghi colloqui e suggeriva consigli molto utili. Ai superiori non garbava la confidenza che dava ai giovani soldati, meno ancora che la sera li trascinasse con sé a far visita alle mescite di Dresda e che poi lo riportassero in caserma a braccia. Che esempio dava alle future guardie della Repubblica Democratica, che dubbi istillava nelle loro coscienze?

Lui e Conrad Schumann divennero buoni amici. Spesso, se ne andavano per i fatti loro durante la libera uscita. Una sera sedettero a un tavolo di un caffè della città vecchia. Fuori diluviava. Conrad gli raccontò di avere lavorato come pastore in un villaggio vicino a Döbeln, in Sassonia, e di essersi arruolato perché laggiù non c'era nulla che valesse la pena da spenderci la vita. La sua famiglia non abitava molto lontano, poteva raggiungerla quando desiderava. Alzò le spalle per sottolineare la banalità di quell'esistenza. Peter lo ascoltava. Batteva lentamente le palpebre sugli occhi scintillanti che, al contrario, si muovevano a scatti. Fissavano allarmati qua e là. Fissavano Conrad, fissavano l'ostessa dal seno prosperoso e l'aria spazientita per spremerlo dalla scollatura senza suscitare l'interesse di quei giovani tristi che intorpidivano le loro serate nella birra e nella Schnapps. Fissavano la pioggia, le ragazze annoiate appoggiate alle pareti, le lanterne nella via... Soltanto le palpebre battevano lente, al ritmo delle pale di un mulino a vento. Se non fosse stato per gli occhi, si sarebbe detto che Peter non si aspettasse più nulla dalla vita.

Accese una sigaretta e, con grande stupore di Conrad, prese a parlargli di sé come un torrente in piena.

«Sono stato ospite dell'orfanotrofio di Rostock, cantavo nel coro delle voci bianche della Nikolaikirche. Dopo la guerra, un colonnello dell'Ottava armata sovietica mi ha accolto con sé mentre naufragavo nell'alcol. Ero molto giovane.»

«La tua famiglia?»

«Non l'ho mai conosciuta. Mi hanno abbandonato alle cure di un istituto religioso. Sai una cosa, Conrad? Ora guardi un vecchio informe e quasi completamente calvo, ma un tempo ero bellissimo» sorrise estatico. «I tratti delicati, la pelle glabra e madreperlacea, i capelli biondi, ricci. Una creatura efebica, l'abbozzo di essere umano, riluttante a evolvere, più simile a un feto che a un bimbo. Pareva non dovessi mai invecchiare. Invece, sono invecchiato, come puoi constatare» si guardò le mani. «Una famiglia ricca che frequentava la chiesa espresse la volontà di adottarmi, ma poi scoppiò la guerra. Visti i tempi, sarei stato un'altra bocca da sfamare. Compiuti i quattordici anni, mi sono arruolato nella Hitlerjugend, ma, per via delle mie fattezze, sono stato congedato subito. Dicevano che avrei acceso fantasie malsane nella truppa. Ognuno, però, doveva contribuire alla difesa del Reich e io, sebbene con il corpo di un fanciullo, ero dotato di una sensibilità acutissima. La vista, in particolare. Riuscivo ad avvistare i Lancaster prima di chiunque altro. E senza bisogno del cannocchiale. Li contavo. Uno, due… dieci… quaranta… cento. Azionavo la sirena.»

Conrad Schumann dovette palesare una sorta di incredulità.

«Pensi che sia un storia inverosimile?»

«Ti credo, Peter, sono solo stupito.»

Peter alzo le spalle.

«Be', finita la guerra, conobbi il compagno colonello Mykhailo Ulyanovych Zabolotnyi mentre prestavo servizio in un ospedale militare alla periferia di Lipsia. Venne a farsi curare una ferita che si era procurato durante una scazzottatura con gli americani. Allora, non ero più come ti ho descritto. Il demone dell'alcol aveva già operato la trasformazione definitiva. Smagrito, il ventre debordante, ricoperto di una lanugine che, col passare del tempo, si faceva sempre più scura e irta. E con lei anche il pensiero. Finalmente, somigliavo a un uomo, al suo relitto. E lo ero, un relitto. Il compagno colonnello Zabolotnyi mi prese in simpatia. Qualcuno l'informò della mia vista eccezionale, così mi propose una sfida. Mi fece chiamare nel piazzale e mi chiese: "Che cosa vedi lassù?". "Uno stormo di corvi, compagno colonnello." E lui: "Quanti ne conti?". "Ventuno, compagno colonnello." Si rivolse agli altri: "Voi quanti ne contate?”. “Noi non vediamo nessun corvo, Misha.” Allora si rivolse al suo attendente uzbeco, che lo seguiva a ogni passo. Non ricordo il suo nome… “Quanti ne vedi?” gli domandò nella sua lingua. Quello scosse il capo. “Dimmi, Peter,” insistette “come sono le gambe di quell'infermiera? Quella laggiù, nella piazza”. “Quella a destra o l'altra?”. “A destra.” “Notevoli, compagno colonnello. Fossi in te, provvederei a mandarle un paio di calze nuove.” “Per quale motivo?” “Guarda con attenzione, compagno colonnello…” “Hai ragione, Peter, la destra è smagliata.” “La sinistra, compagno colonnello.” “La sinistra, certo! Volevo fregarti.” Gli altri sembravano degli orbi, si voltavano intorno con fare stupito.»

«C'era la smagliatura?»

«Non saprei.»

«Capisco. Così sei entrato a servizio del colonnello.»

«Mi ha fatto studiare e poi assegnare alla NVP.»

«Hai continuato a bere, però.»

«Era un'assegnazione, nulla che meritasse tanta gratitudine» sorrise e si guardò intorno. Poi avvicinò il volto al suo.

«Vuoi sapere cosa penso della faccenda?»

«Quale faccenda?»

«La Repubblica Democratica e tutto il resto.»

«Che cosa?»

«Che è un grande tappeto sotto il quale hanno spazzato il passato, l'hanno nascosto per bene, ma un giorno tornerà fuori. È inevitabile, per quanto incredibile possa apparire oggi.»

E venne il giorno che Peter scomparve. Conrad e i suoi compagni non lo videro all'adunata, non lo videro alla mensa e neppure nell'aula. Non lo videro più.

Che avevano da stupirsi? Accadeva anche a loro di provare il gusto della violazione e della clandestinità, laddove non era previsto nulla di tutto ciò, era severamente proibito, persino serbare un dubbio. Proprio loro, i tedeschi, che se n'erano posti così pochi, non pensassero ora di eludere la storia! A quegli altri che adesso li tenevano come marionette, la storia l'avevano sempre fatta crollare dal cielo, sfondate le sbarre ai confini, sventrate le casematte. Avevano pure tentato di ricacciarli fuori, quegli altri, a sciabolate, col risultato di marcare i confini con mucchi di cadaveri. Valeva la pena? Sarebbero mai stati padroni di nulla? La storia era il loro padrone! Adesso che, finalmente, l'avevano sigillata con l'*Antifaschistischer Schutzwall*, a nessuno venisse in mente di rivisitarla, di revisionarla. Rimanesse pure di là, la storia!

Gli operatori alle stazioni radio sintonizzavano spesso la frequenza su una stazione di Berlino Ovest. Guardinghi, tenevano il volume bassissimo, l'orecchio incollato all'altoparlante. Peggio che nel 1945, quando ancora speravano che fossero gli americani ad arrivare per primi. L'eco delle notizie permeava il loro universo, conferiva all'atmosfera un'insolita estraneità. Eppure, il suo amico Peter era il solo che la percepisse realmente, sentiva la patria e tutti loro come se si stessero staccando da lui. Gli eventi avevano prodotto nella sua anima una crepa incolmabile anche da tutto l'alcol che ingurgitava e che sarebbe andata ampliandosi, fino a creare una frattura. Loro da una parte e lui dall'altra. Era la storia che insisteva in quel logorio, mostrava i primi segni di un processo irreversibile.

«Tuffatevi giù nel fondo dell'anima, pensieri...»

Era stata la fuga di Peter il vero gesto simbolico, ma come ogni simbolo che sopravviva alla propria epoca, alla fine si addomestica, contrae il carattere della caducità e non alimenta più alcun mito. Allora sì che si può tacere. E invece gli davano una caccia senza quartiere, solo per poterlo riportare di là e appenderlo a una forca.

Poco prima della fuga, era rimasto solo Conrad a confidarsi con lui, anche se il suo amico non prestava più grande attenzione alle sue parole. Era immerso nei pensieri che non erano ricordi, ma ricordi di ricordi, un maledetto gioco di specchi nel quale si perdeva l'originale.

Gli capitava spesso di entrare nel suo alloggio e di sorprenderlo chino sul tavolo, fisso nel vuoto, il capo crollato sul palmo della mano a cercare una via d'uscita. Sapeva che, un giorno, se ne sarebbe andato, ma c'era ancora qualcosa a trattenerlo.

«Le ali non mi cresceranno più di così, resteranno inutili propaggini. Non ho completato la mutazione e non riuscirò a diventare un vero tedesco, volare via verso il mio destino» si dolse Peter.

Conrad fraintese il senso delle sue parole, ma, ripensandoci, tutti loro erano arenati là, senza più ali, nella Germania inadatta a crescerli come andava fatto. Loro, però, non l'intendevano come l'incapacità di accudirli, ma di amarli così com'erano fatti. Poteva trattarsi pure di un'elaborazione inconscia, perché nessuno aveva mai dato a intendere di peccare d'ingratitudine verso la madrepatria. Eppure, la Germania ignorava d'inculcare loro sempre più in profondità quel modo di sentire la vita, lo stesso al quale avrebbe voluto sottrarli, per farne autentici guardiani del socialismo. Chi assicurava all'apparato che rinchiudendo degli esseri umani in uno spazio così ristretto com'era la DDR, riuscisse a sottrarli al loro destino reale?

Quella notte, l'autunno spinse avanti un fronte compatto di nuvole che dilagò sulla città. Scendeva la pioggia sul piazzale, cadeva verticalmente, allargava pozzanghere profonde, rivelava quanto imperfettamente e velocemente fosse stato ricostruito quel luogo.

Il comandante in persona lo fece chiamare nel suo ufficio. Conrad sistemò la divisa e si precipitò. Bussò alla porta del comandante.

«Entra, Schumann.»

Le persiane accostate e il tendaggio pesante oscuravano il comando, soltanto la lampada sulla scrivania diffondeva un po' di luce. Il comandante si alzò e andò alla finestra, si vide riflesso sul vetro. Dietro di lui, si stagliava Conrad, sugli attenti.

«Ti sconsiglio di coprirlo, Schumann. Se sai dove si nasconde, lo devi dire ora.»

«Non so dove sia, compagno comandante, te lo assicuro» rispose Conrad.

L'altro non batté ciglio.

«Quanto grandi erano diventate le sue ali?»

«Le ali, comandante?»

L'altro annuì.

«Nessuno ha memoria della propria nascita,» disse «ma negli occhi s'imprime tutto ciò che scorre intorno. Si dirigono verso la luce, scorgono voli d'uccelli. Siamo noi? Siamo così? Chissà che anche gli uccelli ricordino e ci riconoscano perché ci ricordano. Puoi andare, Schumann.»

Da che era a Berlino Ovest, sempre più spesso Conrad si sentiva pervadere da una sorta di voluttà che lo spingeva a compiere azioni irrazionali, tipo commettere una crudeltà e assistere alle conseguenze solo per gustarsi l'effetto, peraltro previsto, per nulla sorprendente. Si tratteneva sempre più faticosamente, la metropoli offriva infinite possibilità, era un luogo che si prestava a quel genere di esperienze. C'era posto per tutti, purché si affidassero alla pelle e ai nervi, pagassero, si cibassero e se ne andassero. Nessuna ferita, a meno di non accordarsi prima sulla qualità del dolore da infliggere e ricevere. Quel luogo gli avrebbe permesso di conoscere il suo doppio, dove la coscienza non aveva parte e ogni azione compisse, sarebbe stata ingiudicabile e senza conseguenze, perché, in un luogo in cui non trionfava l'ideologia, la menzogna non era contemplata tra i mezzi per sopravvivere, e il venir meno di tale necessità l'avrebbe reso più libero e consapevole della sua reale natura. Non poteva lasciare Berlino prima di avere soddisfatto l'impulso che l'aveva attirato là, per quanto non ci fosse nulla d'inimmaginabile, se non il banale viscidume di mucose metropolitane e umore di sfiatatoi, per nulla diverso da ciò che avrebbe trovato in ogni altro bassofondo cittadino.

Conrad seguiva Peter lungo la rotta della sua rovina. Compravano alcune bottiglie di liquore e sostavano in un luogo qualsiasi della città, osservavano le donne, le automobili, bevevano ininterrottamente. Dormivano ovunque capitasse, anche all'aperto. Finché, un tal giorno, semincoscienti, si erano ritrovati nella Brughiera delle Lepri, sulla riva del laghetto. Faceva caldo perché era tornata l'estate, ma Conrad Schumann non se n'era neppure accorto. D'improvviso, il suo amico Peter si liberò dei vestiti e si buttò in acqua, raggiunse il centro dello stagno. Dapprima i passanti si limitarono a osservarlo, poi sostarono in gran numero.

«Buttati, Conrad!» gridava come un ossesso. «Buttati anche tu... Buttatevi tutti!»

Sopraggiunsero le guardie e gli ordinarono di uscire immediatamente dall'acqua, ma, siccome Peter insisteva nella sua dimostrazione, furono costrette a immergersi fino alla cintola. L'afferrarono e lo trascinarono fuori. Lui non oppose resistenza, si guardava soltanto intorno desolato, perché aveva smarrito la bottiglia di liquore. Fu quando lo osservò disteso a riva che Conrad notò due propaggini che gli spuntavano dalla schiena, sorta di alucce implumi che non incuriosirono nessuno, neppure le guardie. Si trattava certamente di una deformazione delle scapole che i presenti osservavano schifati, come se fosse trascuratezza dell'igiene personale.

Peter fu rinchiuso in una camionetta e portato via.

Alcuni minuti di attesa ed ecco un anziano signore entrare nella cella di Peter. Assai gentile e bendisposto, miope, col fazzoletto in una mano per detergere il sudore. Sedette sorridente, proprio di fronte a lui.

«Ora vi porteranno degli abiti asciutti.» Esaminò i documenti. «Peter Geyer... È così che vi chiamate?»

«Sissignore.»

«Siete fuggito da Berlino Est?»

«Sissignore.»

«Militare?»

«Sissignore.»

«Da quanto tempo siete qui?»

«Poco più di un anno.»

«Avete commesso molti guai. Ubriachezza, furto, borsa nera...»

«Bisogna pur vivere, signore.»

«Ma certo! Sappiate, io sono un funzionario dei servizi di sicurezza di Sua Maestà. Il mio incarico è individuare i punti deboli del blocco socialista, valutarne le inefficienze, alimentare il dissenso, favorire le diserzioni. Voi...»

«Perdonate se vi interrompo, signore, preferisco dirvi subito che io sono un uomo di umili origini. Un orfano. Con certe faccende non ho mai avuto nulla a che fare. Cercavo solo un po' di benessere, ma mi rendo conto di non essere andato molto lontano. Voi che ne dite? Andare lontano non significa forse badare un po' meno a se stessi e un po' più agli altri? Oppure è il contrario. Com'è strano che due concetti opposti sembrino tanto vicini, a volte. Basta spostare una virgola, inserire una negazione e tutto appare più coerente. Pensate, una volta ho letto Bernanos...»

«Ma di là è proibito!»

«Non proprio, però non si trova, io l'ho acquistato al mercato nero. Mi sono accorto che certe cose le aveva scritte per me.»

«Ad esempio?»

Peter guardò in alto e mise un dito davanti alla bocca: «Lo sradicamento degli imbecilli è una forte imprudenza.»

George Smiley sorrise.

«E ancora: "Staccato da suo ambiente, conserva tra le valve strettamente chiuse l'acqua dello stagno".»

«A quanto pare, oggi avete avuto modo di dargli ragione. Ora, però, è bene che vi asciughiate. Addio, signor Geyer.»

George Smiley uscì alla cella e la guardia chiuse a chiave la porta. Pensò: "Che importano a voi le strade regali, se la traccia del vostro pensiero è curva?". E si allontanò.

Povero George! A che cosa era servito profondere tanta intelligenza per un mondo che cadeva a pezzi? George Smiley aveva le idee chiare, avrebbe voluto suggerire a quel disgraziato di guardare un po' più avanti, nel futuro che allora si costruiva con alacrità. George era sicuro che se il primato spettava al pensiero, era fatale che la ricchezza dovesse propiziarne gli effetti. Raggranellarla dove prevalevano gli istinti, avrebbe legittimato ogni scempio ispirato dalla gola. I popoli che edificavano i palazzi dei maggiorenti erano gli stessi che li avrebbero rasi al suolo. Nel loro progresso non avrebbero tumulato il faraone, ma l'intero Egitto. Piuttosto che la ricchezza dispersa in mille rivoli, il pensiero sarebbe valso a equilibrare le sorti dell'umanità. Anche il Soviet Supremo si riuniva nella cittadella medievale. «Bernanos...» mormorò «un altro caso di omonimia.»

Alcuni giorni dopo, Peter Geyer volò via. Ce la fece. Non poteva librarsi troppo in alto né andare troppo lontano con le sue alucce da pollo spennato, tuttavia riuscì a decollare, non proprio da Tempelhof ma là vicino, dove si erano lasciati, dalla Brughiera delle Lepri. Salì abbastanza in alto d'avere chiara la rotta da seguire, ma non così tanto per essere intercettato e abbattuto dalla contraerea. L'altezza giusta, si può ben dire. E, con sua somma sorpresa, vide che l'isola inesistente, esisteva, sebbene non fosse una vera e propria isola. Così, prese terra soddisfatto della propria impresa, ma, come fece due passi, saltarono fuori da ogni parte le guardie della *Volkspolizei* che lo afferrarono. Fece solo in tempo a dire: «Ma questa è la DDR!». Aveva ragione quando aveva confessato a George Smiley di non essere andato molto lontano.

Come fece ad avere la notizia Conrad Schumann non si è mai saputo, ma in qualche modo ne venne a conoscenza. È molto probabile che gli sia stata fatta pervenire tramite una lettera che le poste della DDR omisero di censurare. Oppure che il ministero per la Sicurezza gli fece scrivere di proposito. Tant'è che secondo le informazioni ricevute, Peter Geyer era stato condannato a morte e l'esecuzione aveva avuto luogo sul piazzale di un centro di addestramento a Seelingstädt o a Plauen, mediante impalamento. Non solo. A Conrad Schumann quella macabra cerimonia fu raccontata nei dettagli e lui ne rimase sconvolto.

Peter Geyer fu trascinato nel centro del piazzale e spogliato degli abiti, restò in camiciola e mutandoni di lana. La prima gli fu strappata, mentre gli permisero di tenere il resto. Nel centro del piazzale, il plotone di esecuzione era allineato, sugli attenti. Uno di loro teneva il palo verticale, un tronco di un abete perfettamente scorticato, a cui avevano fatto la punta e che avevano lubrificato con del grasso. Peter Geyer non era morto subito, ma aveva agonizzato per alcuni giorni, il tempo necessario perché maturasse la coscienza della gravità del suo gesto, mentre i suoi commilitoni prendevano atto di ciò che sarebbe costato loro negarsi all'ideologia. Naturalmente, avevano potuto offrire da bere e da fumare al loro camerata impalato, addirittura confortarlo con le parole adatte, perché a un uomo che espia nulla dev'essere negato, se si desidera che soffra solo per il proprio errore.

Peter Geyer chiese ai sui carnefici perché si prestassero a una tale atrocità, a che cosa servisse. Non sarebbe bastata una scarica nella schiena o una corda? Lui non ricordava nemmeno i loro predecessori prestarsi a efferatezze simili. Al che si avvicinò l'ufficiale, che avrebbe diretto l'operazione e, dopo avergli offerto una sigaretta, gli parlo con voce paterna. Affermò che il socialismo è un'ardua conquista, l'unica via per il raggiungimento della pace e della libertà dei popoli. Purtroppo, il socialismo si difende con mezzi per nulla pacifici e assolutamente illiberali. Lo stesso György Lukács sosteneva che il più grande sacrificio richiesto al rivoluzionario è accettare la necessità di fare del male. Annuì e lo fissò negli occhi. Il fascismo, riprese, è una cattiva disposizione che si addensa nella mente, frutto di un'elaborazione incompleta del pensiero; il liberismo è la feccia che si accumula nella pancia a causa di un accumulo smodato. Oppresso tra queste impurità, batte il cuore. Bertrand Russell non sosteneva forse che la felicità non era nella filosofia, ma nell'andare di corpo regolarmente due volte al giorno? E Bernanos non affermava che è più facile di quanto si creda odiarsi, piuttosto che invocare la grazia per dimenticare? Sebbene noi non desideriamo essere felici né immemori, agiamo perché il cuore batta libero per la costruzione del socialismo. Per questa ragione il palo penetrerà gli orifizi attraverso i quali diffonde la menzogna controrivoluzionaria. Si trattava di uno strumento di pena simbolico, non doveva sentirsi umiliato da quel tipo di provvedimento. L'ufficiale lo guardò per un istante senza nascondere il suo personale rincrescimento. Che poteva fare, lui? Se ci avesse pensato prima e più compiutamente, quel poveraccio seminudo a cui avevano persino legato le alucce col filo di ferro, sarebbe riuscito a comprendere che in nessun altro luogo come nella DDR il socialismo si è potuto calare naturalmente, producendo i suoi migliori effetti, più che dov'era stato teorizzato e imposto a forza di epurazioni e stermini. Avrebbe dovuto inebriarlo! La loro naturale disposizione tedesca a tradurre nella pratica gli ideali, la disponibilità e capacità tedesche di far meglio addirittura di chi ha indicato la via l'avrebbero dissuaso. Non era andato molto lontano, Peter Geyer, nemmeno con quelle sue alucce. Il destino l'aveva spinto a infilarsi nella situazione più congeniale, uno spiedo.

«L'hanno impalato, signor Smiley!»

«Impalato… Non è la prassi usuale. Voi come l'avete saputo?»

«Leggete.»

George Smiley lesse e gli restituì la lettera.

«Gli uomini realmente liberi sono come gli uccelli che cascano dal nido, prima di saper volare. Di morire, loro non si accorgono e noi ce ne dimentichiamo in fretta. I piccoli dolori che ne derivano si perdono anch'essi, oppure si sommano al grande dolore del mondo. Sono la sua testimonianza alla quale reagiamo nella pietà che avremmo di noi stessi. Non possiamo fare nulla di fronte all'ineluttabile, dalla nostra mano non prenderanno i pezzetti di pane inzuppati nel latte: la sola cosa che otterremmo, sarebbe di soffocarli» sostenne.

Si erano incontrati nella Brughiera delle Lepri e là si lasciarono, se ne andarono prendendo direzioni opposte. George Smiley sparì verso il checkpoint Charlie, Conrad Schumann si diresse verso Tempelhof, attraverso il parco. Alti, nel giorno morente, volavano gli uccelli.

5. Happy Betty

Conrad Schumann trovò un impiego da magazziniere-imballatore presso la sede berlinese di Happy Betty Acme Inc. e riuscì a mettere qualcosa da parte. Purtroppo, dopo il volo di Peter, era rimasto solo, non bastavano più i palmipedi della Brughiera delle Lepri a tenergli compagnia, cercava qualcuno con cui scambiare due parole, sedersi a bere un Cognac, ma la gente di Berlino gli passava accanto e tirava dritto, sempre più frettolosa e indifferente. Lui dispensava sorrisi e saluti a chiunque, ma mai che venissero ricambiati, evidentemente il benessere economico non stimolava la socialità nel mondo capitalista. Accadeva anche di là che tutti si precipitassero al diffondersi della notizia che la tal bottega aveva ampia disponibilità di un certo articolo, nessuno che sorridesse, però, che si compiacesse. Infine, scoprivano che il prodotto era andato esaurito oppure si poteva acquistare solo con valuta pregiata.

Passando tra gli scaffali, nei corridoi affollati di acquirenti indaffarati nella scelta dei prodotti, gli stessi prodotti ma delle marche più svariate, Conrad rimaneva sbalordito da tutto quel bendidio. Nei magazzini ammassava cibo in quantità tale da soddisfare le necessità alimentari dell'intera Sassonia e d'averne pure d'avanzo. Impilava confezioni di detersivi sufficienti a far risplendere le stoviglie dell'intero popolo tedesco. Un'autentica orgia produttiva. Nonostante il quotidiano massiccio prelievo dei berlinesi, a sera i magazzini sembrava non fossero mai stati visitati. Sugli scaffali, sulle mensole, sui banchi, la merce tornava intatta, allineata in bella vista, tale al momento di aprire. Conrad ricostituiva le scorte, colmava i vuoti, come una ferita che rimargina.

Gli era stato assegnato il compito di rimpiazzare istantaneamente le confezioni prelevate dai clienti, perciò trascinava il carrello avanti e indietro, dal magazzino al deposito, dove gli autocarri, giunti a Tempelhof da ogni angolo del pianeta, scaricavano le scorte. Lui stipava i prodotti sul carrello e riprendeva a distribuirli nei vari reparti, ininterrottamente, per dieci ore al giorno, ogni giorno. Il caporeparto lo teneva d'occhio, le telecamere a circuito chiuso lo tenevano d'occhio, non certo perché Conrad si potesse impadronire di qualcosa, lui non l'avrebbe mai fatto, era un giovane ammodo; si trattava piuttosto di vincere la tentazione di concedersi delle pause, ristorarsi con una sorsata di Cognac che teneva nella tasca interna della giacca, nella sua fiaschetta metallica.

Impilava i barattoli sullo scaffale del reparto scatolame. «Ravioli». Sostava a leggere le etichette, la telecamera interna si orientava verso di lui. «Zuppa-di-tartaruga.»

«Piace anche a voi?» Conrad sussultò. «Io la trova deliziosa! Oggi, per pranzo, ho comprato consommé di aragosta e per cena *Weißwürste* con le rape. Una riscaldatina *et voilà*, bell'e pronte! Mio marito va pazzo per questa roba. Mi credereste se vi dicessi che ha salvato il mio matrimonio? L'ho preso per la gola, altrimenti quello se ne sarebbe andato. Si fa presto, al giorno d'oggi... Voi siete sposato?»

Conrad si sentiva sempre più frastornato, si guardava intorno, assisteva al tradursi nella realtà degli slogan mandati dalla televisione, come se prendessero vita e lui fosse una nurse assegnata al reparto delle neonate conserve. Tutto ciò avrebbe dovuto essere assai rassicurante, altro che la lotta per l'ultimo vasetto di cetrioli! La zuffa per accaparrarsi alcune scatolette di conserva. Lui, almeno, era della *Volkspolizei*. File non ne faceva. Lo stesso signor Ulbricht sarebbe stato colpito da quel tipo di strategia, si trattava di un controllo delle abitudini popolari più efficace di quello esercitato dal ministero per la Sicurezza e assai meno opprimente.

Trasecolò. Si accorse di essersi fermato. Ampi vuoti si erano aperti sugli scaffali a causa del suo ritardo. Fece per precipitarsi al deposito, ma il caporeparto lo raggiunse.

«Signor Schumann...»

S'irrigidì.

«Signor Schumann, volete seguirmi in direzione? Lasciate pure là il carrello» disse e lo precedette.

Conrad pensò che volessero notificargli il licenziamento, causa le pause sul lavoro che corrispondevano al sorgere di certi scrupoli, peraltro sempre più rari, sempre più brevi. Oppure si trattava della sua cattiva abitudine di rinfrancarsi con una sorsata di Cognac. Il suo alito si percepiva a una certa distanza, lo annunciava e ristagnava nell'aria, dopo che se n'era andato. Brutta abitudine in un'azienda prestigiosa come Happy Betty Acme Inc.

«Prego... Entrate, signor Schumann. Forse voi non conoscete Miss Betty, la direttrice della nostra ditta.»

La rossa seduta alla scrivania lo fece rimanere a bocca aperta. Quaranta? Quarantacinque? Lasciava che il seno sgorgasse attraverso l'ampia scollatura, spremuto al limite, come due boe che emergano schiumando dagli abissi. Sarebbero scoppiate se la sigaretta che teneva tra le dita ne avesse sfiorato la superficie. Il trucco metteva in risalto lo sguardo penetrante, verde acqua, e il sorriso rosso fuoco. Si faceva aria con un ventaglio variopinto e s'ingozzava senza sosta di cioccolatini che pescava da un piattino, a un ritmo straordinariamente regolare. Una boccata, un cioccolatino.

Lo fissò. Conrad chinò il capo, sapeva che il circuito di videoregistrazione l'aveva colto in fallo. Invece, Miss Betty spalancò un sorriso.

«Mister Schumann... Che onore! Osservavo l'affluenza dei clienti, quando... Da non credere! Siete comparso proprio voi, un eroe della nostra epoca. Ignoravo che foste nostro dipendente. E questo, signor caporeparto, è una grave omissione da parte vostra. Non ci siamo, non ci siamo proprio! Vi pare il modo di dare lustro alla società, negando alla nostra affezionata clientela la consapevolezza di avere al suo servizio un eversore del comunismo che assedia la città? Eh sì, Mr. Schumann, noi siamo un avamposto del modo libero nel mezzo del blocco orientale. Be'...»

«Direttrice, io...»

«Tacete e assegnate a Mr. Schumann un'altra mansione, con relativo adeguamento stipendiale, è inteso. Ma sedete, Conrad caro, non state lì impalato, mettetevi a vostro agio. Slacciate la cintura dei pantaloni. Avanti, slacciatela! Non vi leva il fiato? Non sembrate granché in forma. Dovreste fare delle flessioni appena alzato. Io le faccio, ma non per l'addome, per il culo. Ecco, così va meglio...» sorrise e prese a sbirciare da quelle parti. «Ditemi, siete contento di lavorare per me?»

«Sembra di essere nel paese delle meraviglie.»

«L'avete letto? Pensavo che di là fosse proibito.»

«Non lo è, ma non si trova. Però l'ho letto, l'ho trovato al mercato nero e l'ho barattato con un vasetto di marmellata e alcune scatole di conserva.»

«Pensate che al reparto libri, ne abbiamo almeno venti copie. In inglese e in tedesco. Qui si trova di tutto, non è una meravigliosa opportunità?»

«Meravigliosa.»

Miss Betty gongolava di soddisfazione, strizzandosi il seno con le mani.

«Dovrebbero essere tutti come voi, Conrad caro. Uomini coscienziosi e grati. Sapeste le calunnie che circolano sul mio conto... Invidia, caro! Pura invidia. I miei detrattori sono addirittura giunti a sostenere che io invierei razzi telecomandati nel cervello dei nostri clienti per poterne controllare i desideri e orientare le scelte, ma a questo scopo hanno inventato la tv, che c'entrano i razzi? Be'... Ora che vi ho guardato per bene devo dire che siete proprio un bel *gaucho*. Vi avrei preferito biondo, ma anche così non siete niente male. E poi, i bruni sono più passionali. Mai pensato di fare del cinema? No... Che cosa dicevamo? Ah, sì... I miei detrattori. Voi penserete che si tratti della concorrenza. Macché. I nemici peggiori sono gli intellettuali antisistema. Berlino n'è invasa, ormai. Ipocriti! Vivono come pezzenti e hanno conti bancari da far sbiancare addirittura un petroliere. Ehm… Devo ricordarmi di non alzare la voce… Insomma, tutti quelli che si oppongono ai concetti economici basilari del libero mercato, grazie ai quali – guarda un po' – loro stessi sono i primi a prosperare. E siamo noi che vendiamo in tutto il mondo le loro stramberie, li rendiamo famosi per poi accorgerci di avere nutrito delle serpi con le ghiandole colme di ingratitudine» strinse le mammelle come volesse preservarle da un'insidia. «Volete conoscere i nostri nemici? Fate passare i nostri scaffali e li troverete.»

«Credevo che i nemici si trovassero solo oltrecortina. Il signor Ulbricht, per esempio.»

«No, che dite? Walter è un ottimo amico. Tutti devono interpretare una parte per sopravvivere. Sono certa che un giorno mi permetterà di aprire una sede di Happy Betty Acme Inc. anche a Berlino Est. Per ora gli mando grossi pacchi di viveri di prima qualità. E sigari. Sigari delle migliori marche. Senza parlare dei distillati…»

«Anche cognac?»

«Ma certo, Napoleon!»

«Ecco.»

«Ma… scusate, Conrad, se mi preoccupo per voi… Perché non abbassate la zip dei vostri jeans? Non vedete quanto vi stringe? Respirate, Conrad… Ecco, bravo. Ora respirate…»

Dissimulava sempre più faticosamente le sue occhiate, si rizzava addirittura sulla sedia per vedere meglio.

«Se vi facessi una domanda personale, rispondereste?»

«Purché non si tratti ancora di un argomento che riguardi la mia coscienza.»

«Oh, bella! Ma è proprio quello che volevo sapere.»

A una direttrice tanto generosa e cortese, un semplice dipendente non può rifiutare una confidenza. Dopotutto, era una richiesta posta con garbo a chi ancora si considerava un ospite.

«Chiedete pure.»

«Sarete sincero?»

«A questo punto, come potrei non esserlo?»

La direttrice fece un cenno al caporeparto che uscisse dall'ufficio e accese l'ennesima sigaretta. I cioccolatini erano finiti.

«I vostri cari sono rimasti nella Germania Est?»

«Sì, vivono in Sassonia. Sono allevatori, ma...» un grosso gatto saltò in grembo a Conrad.

«Non fateci caso, è il mio gatto. È innocuo. Penso che sia salito da voi nell'intento di ingelosirmi. L'ho appena fatto castrare. Cosa potevo fare? Era incontenibile e io non amo i vagabondi. Capitava che di notte saltasse il muro, pur di trovarsi una femmina. Scusate se mi levo il dubbio, non sarà che anche voi...»

«Vi garantisco che non è stato per quella ragione.»

«Mi avreste dato una delusione. Il mondo è sovraffollato di sentimentali.»

«Era questo che desideravate chiedermi?»

«Oh, no... Certo che no.»

Il disagio di Conrad Schumann non era rispondere alle solite domande sui suoi sensi di colpa ma di avere un gatto in grembo, la cintura slacciata e i pantaloni aperti, per giunta di fronte a una donna.

«Avevate anche una ragazza di là, degli affetti?»

«Avevo una ragazza a Berlino Est. Non ho mai capito se ci amassimo o stessimo insieme per abitudine. E un amico che si chiamava Peter. Purtroppo è morto. Brutta fine!»

«Perché non avete proposto loro di seguirvi?»

«Lei non mi avrebbe mai seguito, credeva nel futuro della DDR, faceva parte della Lega tedesca per lo sport. I genitori erano persone di una certa importanza nel partito. Era una mezzofondista, molto carina. Peter, invece, mi ha preceduto, è volato a Berlino ovest da un terrazzo. Poi qualcosa dentro di lui dev'essersi spezzato, oppure è finito nel posto sbagliato per un errore nella rotta, a causa di quel meccanismo congenito e del tutto istintivo che guida gli uccelli durante le migrazioni. Insomma, è ritornato là da dov'era venuto, durante la stagione della caccia. Preso al laccio. Giustiziato.»

«Che storia triste!»

Conrad inclinò il bacino, in modo tale che il gatto non si sentisse più in equilibrio e scendesse giù. Lo fece lentamente, perché Betty non si accorgesse della sua mossa, si sarebbe offesa di fronte a tanta insensibilità per il suo bel gatto. L'animale, però, puntava i piedi.

«Provate mai un senso di colpa?»

«Che voi sappiate, esiste una madre che rinunci a rinfacciare ai suoi figli i sacrifici fatti per loro? In fondo, non c'era nemmeno bisogno. Noi orientali stiamo pagando per tutta la Germania. Qui, invece, sembra non essere accaduto nulla. Ve l'ho detto, sembra il paese delle meraviglie, ma, se ci pensate, io che cosa avrei dovuto espiare? All'epoca, ancora non parlavo, non ne ho memoria. Sono cresciuto convalescente senza mai essere stato malato. Non dovevo nulla alla Germania com'era prima e non devo nulla alla successiva: perché negarmi una vita da tedesco, dove pare a me? Non sono l'unico. A occhio e croce, saremo otto milioni a pensarla così» disse e finse di accomodarsi sulla sedia per inasprire il piano inclinato. Intanto, fissava Betty negli occhi nel tentativo di dissimulare la situazione e di mostrarsi intento solo alla conversazione. Comprese dal suo sguardo assente che non era affatto la conversazione il suo interesse, ma piuttosto come se la sarebbe cavata col gatto. L'animale non reggeva più, per quanto puntasse i piedi. Lui lo sentiva scivolare. Finché, sul punto di saltare, estrasse le unghie e si ancorò.

«Qualcosa non va, Conrad?» gli chiese con soave perfidia.

«Nulla» rispose contraendo i muscoli. Gocce di sudore gli colarono dalla fronte.

Betty sorrise e proseguì come se nulla stesse accadendo.

«Ammetterete che quando si dice "voltare l'angolo", equivale a mutare radicalmente vita. Rinunciamo a un intero paesaggio, per tuffarci in un altro. Evitiamo incontri per propiziarne altri. Forse, certe cose non le vedremo più, tramonteranno nella memoria, si cancelleranno nell'oblio, mentre altre appariranno e cambieranno il corso della nostra vita. Questo accade mentre si passeggia senza una meta, nessuno che si renda conto dell'insidiosità di un atteggiamento simile che porta a scelte assolutamente casuali. Chissà chi ci guida nei momenti di totale irresponsabilità? Cosa migliore sarebbe avere sempre una meta, tutt'al più si ricorre a una scorciatoia, ma si giunge esattamente dove ci si era prefissati. Sono soltanto ipotesi, ma l'infelicità, il dolore, o l'esatto contrario, conseguenza di una scelta tanto banale, porta a ripercorrere il cammino, riavvolgere il nastro, imbattersi nel rimpianto, nel rammarico...»

Attese un commento da parte sua, ma lui era intento ad altro. Conrad aveva afferrato ciò che Betty intendeva dire. Se fosse rimasto oltre la "barriera di protezione antifascista" non avrebbe avuto quella bestiaccia aggrappata ai suoi tessuti. Sarebbe bastata una manata per porre fine al suo supplizio, ma Conrad rinunciò, si trattenne. Non c'era motivo che giustificasse la sua sofferenza, eppure sopportava, dissimulava. Forse a causa della deferenza che si tributa alle persone importanti.

«Capisco ciò che intendete, direttrice. Non vi nascondo di avere rimuginato a lungo sulla mia decisione. Mi sono chiesto: se avessi avuto il tempo per riflettere, avrei preso quella decisione? Avrei accettato di vivere il socialismo, nel suo significato più autentico, nel luogo più idoneo, in Europa – se non l'unico – per calarvi i principi teorici? Ecco, essermi sottratto a tutto questo, mi ha posto di fronte al dubbio di avere rinunciato a essere il nuovo uomo tedesco.»

Di ciò che aveva detto non era per nulla convinto. Soprattutto stridevano i due aggettivi, nuovo e tedesco, avevano un che si paradossale, ma si era pur sempre in Europa. Il problema era un altro, il gatto.

Conrad dette uno scossone, l'animale resistette per alcuni istanti, dimostrando una tenacia inattesa in un gatto castrato, senza più desideri che non siano il cibo.

«Si può sapere che vi prende? Siete tutto sudato...» gli chiese Betty senza più nascondere il proprio compiacimento.

Il gatto cadde a terra, Conrad Schumann si distese sulla sedia e trasse un profondo respiro.

«L'Est europeo, Conrad caro, sarà lo spazio vitale del mercato, il nuovo *Lebensraum*. Il giorno che finalmente riuscirò ad aprire una sede a Mosca, si potrà dire che avremo compiuto il passo decisivo verso il disgelo. Che fate stasera?» gli chiese e lo congedò sbrigativamente, perché il telefono aveva preso a squillare.

Conrad Schumann chiuse dietro di sé la porta dell'ufficio, si appoggiò alla parete, sfilò la fiaschetta del Cognac e prese una generosa sorsata di liquore.

6. Professor Unrat

Betty l'attendeva all'ingresso del palazzo, alla guida di una sfavillante Mercedes Benz, color rubino. Possedeva anche una berlina, però desiderava fare colpo su di lui.

Conrad si era mostrato restio a lasciarsi convincere, Betty aveva dovuto ordinarglielo. La direttrice era una donna piacente, peraltro sapeva valorizzarsi con tacchi da capogiro e gonne sopra il ginocchio, giacche fasciate e corpetti succinti. Inoltre, dosava sapientemente maquillage e profumi. Lui, però, non amava scorrazzare di notte per la città, specialmente in compagnia di un'eccentrica. Avrebbe preferito cenare solo, scolarsi una bottiglia di Cognac e finire coricato, intontito al punto giusto da impedire agli scrupoli di sopraffarlo. Di solito, sprofondava in un sonno senza sogni, dal quale gli accadeva di destarsi all'improvviso, madido di sudore e col respiro affannoso. Colpa del cibo pesante, ma anche del Cognac, per quanto fosse di gran marca. Napoleon!

«Per prima cosa, risparmia i convenevoli» gl'intimò non appena salito. «Sappiamo entrambi come finirà la serata. E chiamami Betty.»

Era stata un'operazione dolorosa levarsi dai coglioni il suo gatto, con lei lo sarebbe stato ancora di più.

«Posso?»

«Ma certo. Ah... Questo non ti autorizza ad allungare subito le mani. Anzi, te lo proibisco! A bordo di una spider siamo troppo in vista, più di quanto io non lo sia già. Che figura ci farei? Va bene la democrazia, ma da noi non è automatico che, come rimorchi un dipendente, questo si senta autorizzato a strapparti le calze, gli slip e a riempirti di lividi e bave. Capito? Un po' di gradualità accende il desiderio, sei d'accordo?»

«Anche di là rispettiamo certe convenzioni e democratici lo siamo per forza.»

«Ti sei offeso?»

«Assolutamente no. A Berlino Est non mi è mai capitato di essere rimorchiato. Da una spider, era impossibile» rispose, senza risparmiarle una certa ironia.

«Io, però, non avevo intenzione di inibirti. Se ti sentissi pervadere dal desiderio, assalimi pure. Dimmelo, però. Giusto il tempo di fermare la macchina. Che cosa guardi?»

«Nulla.»

Lo scrutò con un'aria accorata.

«Dovresti curare il tuo guardaroba, sembri la controfigura di Bertolt Brecht. Non fare quella faccia, caro. Penserò io a te, d'ora in avanti. Dove si va? Ma… Ti piacciono così tanto?»

«Che cosa?»

«Le mie tette.»

Conrad conosceva un locale in Barbarossastraße, dove si facevano le ore piccole, frequentato da ex compatrioti in esilio, ma anche da personaggi che riuscivano a ottenere il permesso di recarsi a Ovest. Tuttavia, era un errore credere che i turisti della DDR, per quanto ricoprissero incarichi di rilievo nel partito o nei ministeri, fossero tutti spie o contrabbandieri. Molti desideravano godersela, ma preferivano esercitare i loro privilegi oltrecortina che in patria, laddove tenevano un contegno assolutamente conforme ai dettami del partito.

Durante quegli anni, Conrad aveva trascorso alcune serate al Mante Magique in compagnia del suo amico Peter. Erano soliti rintanarsi in un cantuccio, ordinare una bottiglia di cognac e assistere agli spettacoli di Madame Nhu, "la troia di Saigon". Donna irresistibile e inarrivabile, al punto di dubitare della sua reale esistenza. Lui e Peter non amavano mescolarsi agli altri ospiti, c'erano sicuramente informatori della Sicurezza di Stato, confusi tra loro. Pittori, scrittori, poeti e intellettuali bazzicavano il locale. Sia pure a bassa voce e con circospezione, riuscivano a confrontarsi con i colleghi occidentali. Maturare un'opinione al Mante Magique equivaleva a fare la punta a una matita, sempre più aguzza, alla quale ognuno trovava sempre un difetto e dava un altro giro di temperino, fino a spezzarla. Seguiva un'ondata di sdegno, che però riportava il ragionamento all'origine. Tornati a capo, si radunavano le idee e si rivisitavano, mai una volta che l'elaborato venisse identico al precedente. Capitava che si ritrovassero addirittura sul fronte opposto, ma nessuno si stupiva, sentivano piuttosto di avere fatto un passo avanti verso la verità. Talvolta si accendevano discussioni animate intorno ad argomenti che a Berlino Est avrebbero giustificato l'arresto, ma non sfociavano mai in veri e propri scontri perché di là molti di loro dovevano pur tornare prima che facesse mattina.

Barbarossastraße era deserta, nessuno accalcato all'ingresso né a controllare la via, tranne un paio di avventori che urinavano contro il muro dell'edificio e che per mantenersi eretti vi si ancoravano con la fronte. Completavano il ciclo dell'acqua che, in Germania, contribuiva ad aumentare il prodotto interno lordo. Betty parcheggiò la spider dall'altro lato della strada. Il rumore dei suoi tacchi interruppe lo strano silenzio che regnava nella via. Una piccola insegna al neon, alla quale mancavano molte lettere, segnalava l'ingresso. Varcarono la soglia e si trovarono di fronte a una scala ripida che precipitava al piano interrato, sbarrato da una porticina dipinta di rosso. Come l'aprirono, furono investiti da una folata torrida e dal rimbombo delle casse acustiche. Si affacciarono su una spelonca affollatissima e incredibilmente ampia, satura di fumo e soffusa dell'odore di *Currywurst*. Nel crepuscolo giallastro, pendevano oggetti di ogni forma. Ombrelli, ruote, vecchie bambole, persino i manichini del cancelliere Kiesinger con la corda al collo e di Elisabetta II in guêpière e tariffa appuntata al sedere. Un afroamericano abbarbicato su una specie di pulpito si occupava dei dischi. Metteva qualunque cosa gli chiedessero, a condizione che piacesse anche a lui, altrimenti assecondava i suoi gusti, sottolineati da applausi di consenso o boati di disapprovazione.

«Vieni, caro. Lassù c'è un tavolo libero.»

Il posticino d'angolo si trovava nella penombra di una balconata con vista panoramica sulla sala. Conrad si vide riflesso alle spalle di Betty, lo specchio l'avrebbe costretto per tutta la serata ad acconciare l'espressione al tenore dell'argomento, col risultato di ottenere proprio il contrario e di perdersi in banalità. A Conrad Schumann, però, non importava apparire un uomo qualunque, l'avrebbe confermato a ogni occasione. Avrebbe voluto confondersi, annullarsi nel grande magma multiculturale tedesco, come facevano gli ex-nazisti, con la stessa propensione all'oblio.

Betty abbandonò le mani sul tavolino. Le belle mani di Betty, morbide e affusolate, dalle dita lunghissime, che sembravano alla mercé delle sue, grossi ragni pelosi, pronti a ghermirle. Non sarebbe accaduto. Uomo troppo gentile, Conrad, troppo impacciato per compiere un gesto simile. Le nascose alla luce, lo fece mentre una biondina serviva i Cognac. Betty strinse il suo bicchiere e lo fece girare a lungo tra le dita prima di prenderne un sorso. Quindi si avvicinò a lui con la sedia, lo guardò e gli sorrise. Il suo profumo soffuse l'atmosfera, sovrastò pure l'odore delle salsicce e del tabacco. Conrad percepì il suo fiato nell'orecchio, lo sfioramento delle labbra, si sarebbe voltato per baciarla se, in quell'istante, non l'avesse distratto l'annuncio tonante di un tale che aveva guadagnato il centro della scena. Il nero interruppe la musica e il locale si fece silenzioso. Decine di occhi fissarono l'artista dai baffi da tricheco e la camicia chiazzata d'unto. Anche un anziano minuto e paffutello, con una barbetta bianca molto ben curata e due piccoli baffi, il cappello nero dalla larga tesa calato sugli occhi, l'osservava. Costui se ne stava zitto e defilato sorbendosi una Schnapps.

«Chi è quel tipo, caro?»

«È il poeta-menestrello Wolf Biermann.»

L'artista accordava la chitarra.

«Gli hanno vietato di esibirsi oltrecortina. Non può pubblicare le sue poesie né rilasciare interviste. Allora viene qui, alla faccia loro.»

«E se poi l'imprigionano?»

«Non oserebbero, suo padre è un martire del dissenso antinazista, imprigionato a Auschwitz. Giustiziato.»

Un ultimo accordo…

«Wie eingepfercht in Kerkenmauern
Liegt in den Mauern dieser Stadt
Wolf Biermann, beißt mit gelben Hauern
In Steine nur un hat es satt.»

L'omino solitario con la barbetta e il cappello nero dette segni di nervosismo mentre Wolf Biermann insisteva in un tono sempre più beffardo…

«Das Volk, das Weib, vor seiner Türe
Sitzt en Zuhälter und drinkt Tee…»

L'omino prese ad agitarsi, pareva non contenersi più.

«Vedi quel tipo con il cappello nero e l'aria losca? Si chiama Unrat. È un professore del ginnasio di Potsdam. Viene ogni sera al Mante Magique. È pazzo di Madame Nhu. Eppure, lei lo tratta come una pezza da piedi. Ormai è una marionetta nelle mani di quella donna. Lui le manda fiori e primizie, stoffe rare e gioielli. Denaro. Ma lei non è mai paga e il professore sprofonda nella rovina.»

«Tu come lo sai?»

«Lo sanno tutti. È la barzelletta del locale.»

«Sei un vero gonzo, Conrad caro. Il tuo professor Unrat, in realtà, è il signor Ulbricht. Peraltro, sono certa che i suoi omaggi siano il prezzo delle soffiate che Madame gli farà sui dissidenti che frequentano questo posto. Chissà che non ci sia anche tu, tra loro…»

Conrad Schumann si passò la lingua sulle labbra. Guardava

incredulo alternativamente Betty e il professor Unrat... Ulbricht. Non riusciva a convincersi.

«Se vuoi, te lo presento. Anzi...» si alzò dalla sedia e si sporse dalla balconata: «Walther... Walther, tesoro...»

L'ometto sussultò. L'avevano riconosciuto, lui, il presidente del Consiglio di Stato, presidente del Consiglio nazionale della difesa, presidente del Partito di Unità Socialista, bazzicare un sordido locale dell'altra Germania. Chi mai avrebbe creduto che si occupasse personalmente di raccogliere informazioni, quando disponeva di centomila spie, direttamente ai suoi ordini? Nessuno! Nessuno l'avrebbe creduto possibile. Walther Ulbricht, come tanti altri, varcava la cortina di ferro alla ricerca del piacere. E il piacere costava, ma, più ancora, costava saperne una più del diavolo, condizione necessaria per esercitare il potere assoluto in uno luogo che l'assegnava al popolo. Ma il popolo è una puttana! Aveva ragione quel pazzo di Wolf Biermann. Pure, come avrebbe spiegato la sua presenza a Berlino Ovest al cancelliere Kiesinger, al ministro Brandt, al segretario generale Brežnev, al popolo? Con la scusa che non si fidava di nessuno? Aveva ragione Wolf Biermann a rincrescersi che si fosse disposti a farselo tagliare via da gente così potente e affamata, pensava Ulbricht-Unrat. Maledetto Biermann!

«Walther, tesoro...» insisteva Betty sovrastando le strofe della ballata.

Gli sguardi si diressero verso di lei, a Unrat-Ulbricht non restò che scivolare nella penombra, raggiungerla al tavolo e sedere furtivamente con loro. La ballata riprese...

«Oh Mann, Mann, wie tief mich dar reut
Ich leg doch nicht mein Hertz auf Tisch
so hungriger Leut!»

...e si concluse tra applausi scroscianti.

Wolf Biermann abbandonò la scena. Riprese il fracasso, finché il suono di un gong annunciò l'inimitabile Madame Nhu, la "troia di Saigon", regina dei cattivi pensieri, la creatura che assumeva ogni forma femminile immaginabile, la grande consolatrice.

Unrat-Ulbricht sussurrò che seguirla nelle sue notti avrebbe significato addormentarsi tra le sue braccia, ottenebrati dall'oppio della sua pipa, finire penetrati da una lama e scivolare nelle acque di in un grande fiume. Galleggiare, inabissarsi, galleggiare. Arenarsi in una lanca putrefatta nel delta, infestata dai topi. A quel punto, però, Madame non c'era più, dissolta in una spirale di fumo che saliva nel cielo di Berlino. Ma questo non sarebbe accaduto a lui, il signor Ulbricht ne sapeva una più del diavolo.

Si fece buio e un fascio di luce azzurra illuminò la scena, rivelò una gamba velata su un tacco vertiginoso sortire da un mantello blu con un grande cappuccio che celava Madame al pubblico. Poi con un *coup de theatre* lo folgorò. Si liberò come da una membrana, in tutto il suo splendore. Il pubblico mormorò estasiato. Lei si guardò intorno e intonò *Frau Luna*, muovendosi tra i tavoli e accarezzando gli ospiti, trascinandoli nel suo vortice, così che tutti alzarono i boccali e le forchette con le salsicce infilzate, cantavano a bocca piena, battevano manate sui tavoli. Sembrava un rito, una trance collettiva. Quando la musica cessò, fu come se si fossero risvegliati da un sogno nel quale Madame Nhu li aveva risucchiati con la sua verve, l'allegria luciferina dello sguardo e il corpo sinuoso che, dopo essere balenato tra loro, si era dissolto, sparito nell'atmosfera densa di fumo e vapori, senza che nessuno fosse riuscito ad afferrarla, nemmeno per un istante. Sparita, sparita... Sedettero intristiti, frastornati, increduli come giovani reclute, come i bambini alle giostre, vecchi sbavanti, illusi da un rigurgito di gioventù, un riverbero d'incoscienza. Madame era scomparsa per riapparire al tavolo di Conrad, seduta tra loro, molto meno sfolgorante di com'era apparsa nel salone, curva, sfiorita, affaticata, una donna lontana dai tempi migliori. Com'era possibile?

La osservarono increduli del loro abbaglio, solo Unrat-Ulbricht si mostrò persuaso di trovarsela accanto a quel modo.

«Offrimi da bere, Walther» gli chiese ansimante. «Molto piacere, ragazzi. Ora, conoscete anche voi la verità. Walther non è il babbeo che credono questi qua. Niente male, eh? Chi crederebbe che si tratta del tiranno in carne ed ossa? Invece è proprio lui. In nome della nostra amicizia, mi ha infiltrata tra questa gente allo scopo di spillare notizie. Gran faccia tosta» si compiacque.

Poi si rivolse a Conrad Schumann, lo fissò per alcuni istanti, sorridente. Lui tentò di nascondere il volto, lo appoggiò al palmo della mano, come se avesse sonno o fosse ubriaco. Quella troia sapeva ogni cosa, chissà se avesse a che fare con la cattura di Peter, pensò. Forse se lo sarebbe tenuto per sé, non avrebbe informato il presidente. Eppure, era stata Betty a volerlo al loro tavolo: un gatto aggrappato ai coglioni, Betty!

«Deluso, tesoro?» gli chiese Madame Nhu.

«Per nulla! Una performance da lasciare senza fiato.»

«Infatti, lo sono...»

«Che cosa?»

«Senza fiato.»

«Più che plausibile...»

«Bugiardo. Adesso che siamo qui a tu per tu, non mi troverai più tanto speciale.»

«Madame, le giuro che...»

«Zitto! Sono una delle tante che vedi passare per strada, né belle né brutte, che fanno una vita diversa della mia. Operaie, cassiere, impiegate. Io sono soltanto più esotica. E non credere alle fantasie riguardo a Saigon e alla seta. Senti... Ti pare seta? Tocca... È poliestere. E poi io non fumo oppio, fumo Camel. E tu piantala d'andare a raccontare in giro che infilzo i miei clienti e li butto a fiume» intimò a Unrat-Ulbricht. «A fiume ho buttato soltanto il mio cane quand'è crepato di vecchiaia.»

«Scavare una buca?»

«E chi ce l'aveva il badile? Mi è toccato far presto perché il cane mica l'avevo denunciato. Ci mancava che mi facessero la multa... Non fare quella faccia, non è stata un'azione irriguardosa. Finché era vivo, lo trattavo bene. Ho fin pianto...»

«Hai una smagliatura in una calza.»

«E tu non farci caso.»

Buttò giù la Schnapps e si alzò.

«Vado a farmi una doccia. Vuoi venire anche tu, Walther?»

«Ti raggiungo più tardi. Prima vorrei fare due chiacchiere con questi amici. Che sbadato! Ancora non te li ho presentati. Il giovanotto già lo conosci, pare. La signora invece è un'americana, Miss Betty, amministratrice delegata di Acme Inc. Non ci vai a comprare la tua roba in poliestere? Sapete una cosa, ragazze? Voi due vi somigliate» baciò una mano a Betty. «Sapreste rendere appetibile addirittura l'immondizia.»

«Sempre carino, Walther, eh?» commentò Madame prima di allontanarsi.

Walther Ulbricht non sembrava a disagio. Risentito, sì. Lo irritava ciò che lui considerava un atteggiamento borghese e ipocrita di certi suoi connazionali all'estero, ma l'indisponeva ancor più riconoscere che, in ultima analisi, costoro, gli ospiti del Mante Magique non si considerassero all'estero, ma in un quartiere qualsiasi della loro città, similmente a quei figlioli di buona famiglia che trascorrono la notte con le cattive compagnie, ne combinano di tutti i colori e, alle prime luci, rincasano come se nulla fosse accaduto, considerando un diritto riparare sotto il proprio tetto. E la barriera di protezione antifascista – di cui svalutavano il significato, giungendo addirittura a ignorarne la presenza – la chiamavano irresponsabilmente muro! Un muro era un muro, secondo la loro opinione, nemmeno fosse stato eretto da un contadino spilorcio a protezione di un frutteto. Tra loro, il più insopportabile era sicuramente Wolf Biermann, lo strimpellatore indecente. L'avrebbe fatto impalare seduta stante, ma come si fa? Il figlio di un eroe del socialismo, martire di Auschwitz.

«Qualcosa non va, Walther, tesoro?»

«Un po' di stanchezza» rispose. «La tua prima volta, al Magique? Non si può dire che sia un luogo esclusivo, di quelli che piacciono a te.»

«Interessante, però. Se non fosse stato per questo amico, non l'avrei conosciuto. Dire che sono a Berlino già da alcuni anni. Lui è Conrad. Conrad, lui è Walther» li presentò tacendo la loro completa identità.

Eppure, forse a causa della propria diffidenza, Unrat-Ulbricht, prese a fissarlo con insistenza, senza curarsi che l'altro ne fosse infastidito. Conrad negò lo sguardo e lo rivolse al salone, dove Wolf Biermann stava proponendo altre delle sue ballate.

«*...Na und? Die ganze Welt hat sich*
In Ost un West gespalten
Doch Deutschland hat – wie immer auch –
Die Position gehalten...»

Le strofe del musicista, per oltraggiose che fossero, non colsero il professore-presidente che aveva scostato le labbra, quasi stesse per dire qualcosa. Invece le richiuse e riprese l'osservazione. Si limitò a chiedere: «Di dove siete Conrad?»

«Sono di Kassel.»

«Che fate a Berlino?»

«Lavoro ad Acme Inc. grazie a Miss Betty.»

«Ho convinto io questo testone a venire qui» gli accarezzò una guancia.

«A Berlino o al Magique?»

«Voi, professore, immagino siate di qui» l'interruppe Conrad per non mostrarsi troppo sfuggente.

«Di qui? Di là, vorrete dire?»

«Di là, dove?» finse di non capire.

Betty li teneva d'occhio.

«Qui o là, non fa differenza» civettò.

«Per noi moltissima. Non è così, Herr Schumann? Pensavate

che non vi riconoscessi? Invece è da un po' che vi osservo. Anni! Vedete, Conrad... Posso chiamarvi Conrad? Vedete come i suoni e le voci della nostra patria funzionino da richiamo? Sono simili al suono di un piffero, radunano i giovani per farne soldati, le guardie della rivoluzione socialista. Come fare a sottrarsi. Guardatevi, non vi riesce di andare molto lontano, bazzicate le strade di questa città pervaso dal dubbio di avere fatto la cosa più giusta e dal rimorso di avere lasciato i vostri affetti di là. Voi sapete perfettamente che sareste accolto con grandi onori, sareste perdonato per essere stato preda delle lusinghe capitaliste e di averle riconosciute come tali. In fondo, chi si voglia fregiare del titolo di dissidente, eretico, revisionista, chiamatelo come vi pare, dovrà accettare le pene inflitte dal potere che avversa, ma se lo rifugge non potrà dirsi che renitente, un opportunista. In una parola, un infame. Vi sarete ben accorto che, passati alcuni giorni, dalla vostra fuga, non eravate più nessuno. Chi vi aveva mai visto, prima, senza divisa ed elmetto? Chi vi riconoscerà, poi? A questi interessa il soldato, noi rivogliamo l'uomo. Saremo sempre noi i soli a ricordarci di lui e della sua vita! Tra cinque, dieci, cinquant'anni, noi ricorderemo.»

Il signor Unrat-Ulbricht aveva abbassato progressivamente la voce e avvicinato il volto al suo. Inavvertitamente, Conrad aveva fatto lo stesso. Ora si trovavano a fior di labbra, un bacio e la pace era fatta, il perdono concesso, il figlio che torna dal padre. Conrad, però, si retrasse, lo fece istintivamente, come il salto. Ancora una volta, Wolf Biermann aveva ragione quando sosteneva che i peli del culo di Berlino erano fatti di filo spinato.

Walther Ulbricht parve rassegnato.

«Un giorno ci rivedremo» disse, senza specificare se a Est o a Ovest. «Be', vado a farmi sciacquare le palle da Madame. Sarà pure cadente come un fico maturo, ma che sia un'artista è fuor di dubbio.»

Si alzò faticosamente dalla sedia, salutò Betty con un inchino e lui con una semplice occhiata. Poi si confuse nella folla danzante del salone.

«Che si fa, caro, si va alla monta?» gli sussurrò in un orecchio la sua compagna. Lui la strinse e la baciò, in un modo assai più conforme al gusto di Doisneau che al rito ortodosso.

«...*Was nie ein Alchemist erreicht –*
Sie haben es geschafft
Aus deutscher Scheiße haben sie
Sich hartes Gold gemacht...»

7. Madame Nhu

Il vento non dava tregua, scendeva dal bassopiano sarmatico, batteva la Prussia, la Polonia, il Brandeburgo e piombava su Berlino. Spingeva avanti nuvole gonfie di pioggia. Lo sguardo di Conrad si perse tra quei cumuli grigi che si portavano via il decennio e i suoi grandi sogni. I più grandi si erano incagliati nel misterioso Vietnam e nell'inquieta Cecoslovacchia, a conferma che sarebbe stato sempre più difficile tenere le cose in ordine. La nuova strategia suggeriva di spingere altrove lo scontro, nello spazio sterminato.

Al Mante Magique circolava una voce secondo la quale non era improbabile che un folle sfuggisse ai sistemi di controllo, premesse il pulsante e riducesse il pianeta a una sfera desolata. L'indiscrezione si propagava sempre più insistentemente, a mano a mano la situazione internazionale si complicava, ormai era una psicosi di dimensioni planetarie.

«Chi diffonde queste fesserie?» insorgeva Wolf Biermann. «Mettetevi in testa che non è importante vincere una guerra, ma scatenarla! Che cosa c'entra l'atomica? A questo sistema di vita non ci sono alternative. Rassegnatevi. L'atomica è un modo per convincere chi ancora s'illude, come fate voi.»

Gli altri annuivano. Al Magique gli ottimisti prevalevano sugli scettici, concordavano che il mondo era al sicuro così, in equilibrio, come gli stili di vita conformi agli ideali consacrati a Est e a Ovest della cortina di ferro. Ormai, i tedeschi erano rassegnati a rimanere bicefali. Cominciavano a trasformarsi anche i tratti somatici di là della barriera. Inevitabile con tutti quei soltati Kirghisi, Kazachi, Turkmeni e Mongoli in circolazione, come se fossero a casa loro.

«Rimpiangete l'eugenetica, Herr Biermann?»

«Cerco solo di farti capire, razza di testone, che se separi un recinto con una staccionata, le pecore verranno diverse.»

«Anche se erano delle stessa razza?»

«Soprattutto se erano delle stessa razza, testa di legno!»

Intanto, le sonde Venera erano scese sul pianeta omonimo e le Mariner avevano raggiunto Marte, scattate centinaia di foto. Nessuno! Non c'era nessuno nemmeno a bordo delle sonde, perse nello spazio. Perso il contatto. Almeno, non era una frontiera.

Il mondo, però, si vedeva, si spiava, il Mante Magique spiato dai satelliti. Guerra fredda! Nick "mano fredda" giocava l'ultima partita al tavolo del sud-est asiatico e perdeva. Tornava a casa, avvolto in stelle e strisce. Altrimenti, l'America l'avrebbe messo in galera, come ogni altro ribelle di celluloide. L'America amava dipingersi così, retrograda e bigotta, guardata da secondini sadici con occhiali a specchio, armati di fucile e cani al guinzaglio. Gli eroi, però, facevano saltare il chiavistello e fuggivano con la palla al piede. Erano dentro senza grandi colpe: vagabondaggio, gioco d'azzardo, furto... Avevano il cuore tenero e un senso innato della giustizia, come ogni buon americano. Laggiù, erano i principi che contavano! Per questo gli eroi morivano tutti, non riuscivano a piegarsi al conformismo, credevano ancora che si potesse dormire dove capitava e che il filo spinato fosse solo una scocciatura stesa lungo la frontiera. Ignoravano che le cose avrebbero dovuto rimanere in ordine, d'ora in avanti. Non si rassegnavano e morivano.

«Quassù, per ricordarcene, abbiamo dovuto costruire un muro...» annuiva Wolf Biermann.

Conrad ammirava gli intellettuali che si davano appuntamento al Mante Magique, specialmente i più polemici. Più si mostravano tali e più si rendevano autorevoli ai suoi occhi. Trovava le loro opinioni verità indubitabili. Addirittura, si permettevano di contraddire le notizie trasmesse dalla televisione! Talvolta, scaraventavano i giornali sul tavolo, compreso il mensile «Konkret», colmi d'indignazione. Lui ascoltava. Leggeva gli articoli, spesso non capiva che cos'era a suscitarne l'indignazione. Divenne oltremodo sospettoso, Betty se ne accorse.

Terminata la cena, Betty sedeva in poltrona e accendeva il televisore. Assisteva al notiziario e non pensava ad altro. Non sempre, però. Talvolta, la insidiava uno scrupolo: quali certezze vacillavano dentro il suo micione, a causa di un fatto lontano migliaia di chilometri? Eppure, nemmeno lei ignorava le notizie, le assimilava come se fossero una necessità, un dovere.

Di tanto in tanto, accadeva che Betty si recasse negli Stati Uniti, per lavoro. Conrad rimaneva solo e non trovava di meglio che aggirarsi per la città. Amava i quartieri solitari e poco illuminati. Un pomeriggio di fine gennaio, si ritrovò dalle parti di Zehlendorf. Nuvole basse, strade semideserte, se non per due uomini che tiravano un carro carico di ceste di carbone. Chissà dov'erano diretti? Probabilmente in nessun luogo, perché di carbone non c'era più necessità. Viaggiavano tutti a gasolio, ormai: l'era del gasolio e delle guerre per il petrolio. Uno tirava, l'altro spingeva verso il limite del loro senso.

Camminava senza una meta. Faceva molto freddo, tanto che sollevò un lembo della sciarpa fin sopra il naso. In una tale desolazione, era impossibile ignorare la tipa che gli veniva incontro, snella, il passo deciso, l'aria risoluta, come se andasse verso il proprio destino e ne fosse pienamente consapevole. Oppure l'avesse già raggiunto e oltrepassato. Il tipo di donna tutta di un pezzo, per quanti guai la vita le avesse spedito contro e che, dietro un'espressione indifferente, nascondeva delle convinzioni incrollabili. Lo sguardo non si spegneva dentro di lei né si sprecava su particolari casuali, sondava un altrove, come se cercasse ancora una possibilità, una soluzione all'enigma.

«Madame Nhu... che fate da queste parti?»

«Il pieno, tesoro! Come credi si riesca a vivere a Berlino? Esibendosi in un tugurio o sussurrando segreti inconfessabili al signor Ulbricht? Grandi segreti...» sorrise. «Un caporale che se la batte e rinnega la rivoluzione... Anch'io sono fuggita dalla rivoluzione, caro. Aveva ragione il vecchio Fulbright: «Non ha importanza alcuna chi sia a governare in Indocina». Tutti devono mangiare. Devono sapere che cosa mangiare. Non si poteva andare avanti a riso, carne di maiale, latte di vacche scarne, ameba e malaria. Ci voleva qualcosa di nutriente e sano. Qualcosa che soltanto Betty può portare laggiù. I comunisti daranno stabilità al mercato, ciò che mancava col vecchio regime, e in pochi anni si perderà la memoria delle bombe e dei diserbanti. Basterà attendere che le acque si calmino, le ferite rimarginino e le mie allieve lusinghino le guardie della rivoluzione. Poi torneranno anche i ragazzi, in pantaloncini corti e camiciole a fiori, su bianche navi da crociera, con tanto di mogli al seguito. Faranno acquisti da Acme a Hue e prenderanno il sole sulla spiaggia di Mui Ne, una nuova meta *à la page*.»

«Perché non avete atteso anche voi che venissero quei tempi?»

«Perché prima dovrà scorrere il sangue. Accade sempre così. Nessuno è disposto a essere ragionevole, bisogna attendere che la mente si raffreddi. Quando si sentiranno sazi…»

«È accaduto al mio amico Peter.»

«Povero Peter, con tanti luoghi piacevoli per atterrare, finire proprio là, su una cacata di mosca?»

«Mosca… Con la "m" maiuscola?»

«Minuscola.»

Caddero le prime gocce di pioggia.

«Vi posso accompagnare, Madame?»

«Vado di fretta, a meno che tu non voglia spendere qualche marco…»

«Io sono un sentimentale, Madame.»

«Questo è il tuo guaio, Conrad! Addio, amico.»

«Addio, Madame.»

La donna alzò il cappuccio del suo pesante mantello nero e si allontanò attraverso la pioggia. Il rumore dei suoi tacchi risuonò a lungo prima di spegnersi.

Ritornò l'estate a Berlino. A Praga, finiva "la Primavera". Un'interminabile colonna di carri russi invase la Cecoslovacchia, l'umanità attendeva la reazione americana. In cuor proprio, ognuno sperava che Washington considerasse quell'atto un affare interno al blocco orientale, che lo percepisse più orientale di quanto non fosse realmente, oltre l'Europa, oltre l'Asia, ai confini della realtà. I silos dei missili intercontinentali avevano aperto i boccaporti, ancora una volta ci si sentiva a un passo dall'apocalisse nucleare. Conrad era avvinto da quelle immagini sfuocate, i carri penetravano nella sua mente, a uno a uno. Intorno ai blindati si radunavano capannelli di persone. Alcuni giovani si arrampicavano sulle torrette e discutevano con i carristi. Fraternizzavano. I carristi erano perplessi. Molti di loro non sapevano neppure di essere in Cecoslovacchia.

Wolf Biermann detestava la gazzarra che si accendeva nel salone del Magique in circostanze simili. L'indignazione che gli ospiti esprimevano a causa della repressione sovietica di uno stato sovrano, in realtà non era che necessità di rassicurazione, compreso chi non aveva uno straccio di opinione. Lui preferiva uscire sulla veranda a fumarsi una HB. Si appoggiava al parapetto e lasciava correre lo sguardo, fantasticava su una lunga fila di carri dirigersi a Est, attratti dal suono di un piffero, passare sui ponti e gettarsi nel fiume, uno dopo l'altro, e l'acqua trascinarli via dalla Cecoslovacchia. Poi sorrideva soddisfatto del suo sogno controrivoluzionario.

Conrad Schumann lo raggiunse e gli domandò la sua opinione.

«Che vuoi che ne sappia, Conrad? Sono solo un menestrello. Uno *chansonnier*. Queste faccende le capisco poco. Giornali, non ne leggo, la televisione… puah! Mi hanno detto che le forze del Patto di Varsavia sono tre volte quelle dell'Alleanza atlantica, ma siccome l'armamento convenzionale costa troppo, gli altri non fanno che produrre missili nucleari. Che idioti! Varrebbe la pena risolverla a bastonate» ridacchiò.

Poi si fece presago e fece roteare una mano.

«Supponi che i russi dilaghino in Europa. La logica nucleare prevedrebbe un'immediata reazione americana su bersagli russi, alla quale farebbero seguito lanci di missili contro obiettivi americani. Nessuno lo vuole, sono soltanto ipotesi.»

«Perché i russi dovrebbero invadere l'Europa?»

«Nella previsione che, una volta occupata, gli americani non reagiscano per evitare l'estinzione del genere umano.»

Per un attimo sembrò credere all'idea, tanto che atteggiò un'espressione di sconcerto come se avesse inteso male le sue stesse parole. Infine, scrollò le spalle.

«Non è così che accadono le cose. Mai secondo le previsioni. Per quante se ne facciano, nessuno è in grado di prevedere nulla. Certo che se lungo il confine cecoslovacco ci fossero solo contadini, correremmo meno rischi.»

«E allora?»

«E allora, caro mio, se io non ho grano a sufficienza per passare l'inverno, mentre tu ne hai da buttare, verrò a chiedertene una parte. Se, però, alzerai il prezzo per mettermi in ginocchio, alla porta di casa tua tornerò a bussare con cinquanta divisioni, sedicimila carri e ottomila cacciabombardieri. Troverai più conveniente fornirmi del grano a un prezzo ragionevole, anziché ammassare altrettanti uomini e mezzi.»

Eppure, i carri per le strade di Praga erano un incubo che Conrad non riusciva a elaborare, l'abisso che si mostrava attraverso una falla delle sue certezze.

Wolf Biermann se ne accorse.

«È comprensibile chiedersi perché accumulare tante testate atomiche, per poi tornare ad affidarsi alle armi convenzionali. Oltre ogni ragionevole dubbio intorno alla natura umana, credo che questa sia una prova concreta del fallimento dell'opzione nucleare, sia pure intesa come deterrente. Bisogna essere ottimisti e interpretare l'evidenziarsi della sua inutilità come un piccolo passo verso il disarmo. Nel Vietnam gli americani non l'hanno impiegata, nonostante i costi e le sconfitte sul piano politico e militare.»

Per fortuna che Wolf Biermann sosteneva di non capire nulla!

Gennaio. Palach era morto dopo tre giorni di atroce e lucida agonia. Il suo messaggio lasciava intendere che la risposta alla privazione della libertà sarebbe stata la vita trasformata in combustibile ideologico. Forse non era chiaro a tutti, ma il confronto con le torce vietnamite si poneva sul piano del primato della civiltà occidentale sull'Asia. La distanza tra Praga e Saigon diventava cronologica, sebbene si trattasse sempre di colonie, qualunque tallone fosse a opprimerle.

Conrad Schumann si era stancato di vivere nella cittadella, tra i bastioni che lo proteggevano dalle lusinghe orientali. Ne subiva sempre meno l'attrazione, la riteneva una ragione sufficiente per andarsene. Lasciare Berlino. Nella cittadella si parlavano tutte le lingue del mondo libero, ogni idioma nelle sue più svariate forme e sfumature. Nessuno che si capisse. Ognuno costretto a intendersi nell'unica lingua condivisa fuori della cinta muraria, il paradosso dell'epoca. Infatti, si viveva nell'incertezza di essere stati buttati fuori come ubriaconi blasfemi da una birreria, piuttosto che chiusi dentro un serraglio a smaltire la sbornia. Infine, c'era da domandarsi se desiderassero veramente capirsi, perché, se l'avessero fatto, ognuno di loro avrebbe rinunciato all'inesprimibile, al soprannaturale. Al destino. La lingua comune sarebbe stato un passo indietro verso una falsa libertà e la negazione degli istinti che avvicinavano gli universi più disparati e impermeabili, trattenuti dall'*Antifaschistischer Schutzwall*. Aveva ragione George Smiley quando si chiedeva che cosa fosse, in fondo, un muro. Lui, il muro, l'attraversava come uno spettro, una voce trasmessa via onde corte, un lampo che illuminava Berlino, di notte, sia a Est sia a Ovest, irriguardoso nei confronti dei transfughi che avevano raggiunto la sommità e si facevano largo tra il filo spinato. Illuminati a giorno! Una scarica e cadevano indifferentemente di qua o di là, cambiava solo la fama che ne sarebbe seguita. Martiri della libertà piuttosto che traditori del popolo.

Così andavano le cose. Ma proprio mentre l'altra Germania cominciava a sbiadire nella sua memoria, ecco spuntare la torre, il *Berliner Fernsehturm*, l'occhio che individuava chiunque si trovasse altrove. Il globo eretto a duecento metri dal suolo, l'antenna protesa oltre i trecentosessanta. Orbitava sopra Berlino Est. Oscillava, per meglio dire. Celebrava la gloria della DDR, il suo ventesimo anniversario. Si sarebbe detto il punto di partenza, l'epicentro del blocco socialista nella sua espressione più ortodossa. Più realisti del re. Sotto sotto, ci tenevano. Se proprio dovevano essere diversi dagli altri, almeno che tra i diversi primeggiassero. E avrebbero primeggiato se la casa madre non avesse provveduto a sottrargli materie prime e attrezzature. Troppo zelo, laggiù! Pensavano a Mosca. Troppo realismo! Più semplice riallineare i Cecoslovacchi che competere con quelli.

I capitalisti mostravano molta più moderazione. Gli Stati Uniti, del resto, erano il solo Paese in grado di offrire una nuova opportunità agli uomini di talento, peraltro disposti a perdonare. Il fervore protestante riusciva a liberare dal male anche la mente più abietta, senza per questo appenderla a una forca. Avevano riparato laggiù fior di gentiluomini, tra i quali lo Sturmbannführer Wernher Von Braun e collaboratori, che li avevano portati sulla luna, vivi. Mentre il suo analogo russo, il progettista Korolëv, padre del programma spaziale sovietico, era stato spedito alla Kolyma, accusato di attività controrivoluzionaria, salvo poi ripescarlo per colmare il disavanzo. Purtroppo, Korolëv, minato nel fisico dal gelo e dalle privazioni, era scomparso troppo presto per portare a compimento il progetto. Così che ai russi riuscì soltanto di fracassare una latta sulle rocce lunari, mentre l'avversario vi si posava come una farfalla su un fiore. E così sia.

Gli Stati Uniti avrebbero trovato sicuramente un posto anche a Conrad Schumann se l'avesse chiesto. Rimaneva pur sempre un simbolo di quegli anni. Non sapeva cantare, non sapeva recitare, ma che importava? Un programmino si sarebbe trovato, se lo sarebbero addirittura conteso tra CBS, ABC, NBC.

Già, ma chi era Conrad Schumann? Che faccia aveva? Finché si fosse trattenuto a Berlino, nessuno l'avrebbe mai conosciuto. Neppure al *Sixty Minutes* né a *The Tonight Show*, né nella parte del cattivo nella serie *Bonanza*. Male che andasse ci avrebbe pensato Hugh Hefner. Ma avrebbe dovuto lasciare quella città.

Ne avrebbe parlato con Betty, al suo ritorno da New York. Ma non lo fece, preferì chiudersi in un ostinato mutismo.

«Perché sei così silenzioso? Ti senti depresso?»

«Che dirti? Non c'è una risposta… Hai notato, tesoro, che io non ho mai una risposta a nulla?»

«Ora non abbatterti. Non sarà a causa di tutto quel cognac? Io non ti biasimo ma, forse, faresti bene a trattenerti.»

«M'infonde coraggio.»

«Coraggio… Per fare cosa?»

«Nemmeno a questo ho una risposta.»

Betty sospirò.

«Tu potresti darmela?»

«Te la darò.»

Ma non era nemmeno quella, la soluzione. Non sempre.

8. Grenoble

«Andarsene?»

«Perché no? Trasferirsi in America, a New York...»

«Che cosa pensi di trovare a New York?»

«Una vita.»

«La tua non lo è?»

«Non proprio.»

«Tesoro, sei tu che hai voluto legarti a quella gente. Wolf Biermann e compagnia bella. Bazzicare il Mante Magique. Io non ho mai eccepito... Ammetto che siano tipi interessanti, ma, gira e rigira, siamo sempre lì, in una riproposizione di Berlino Est a Berlino Ovest che è contenuta in Berlino Est. Una dannata faccenda di scatole cinesi. E tu sei parte del sistema, un gioco che finirà per cancellare l'uomo Conrad Schumann e conservare un soldatino di piombo che se la dà a gambe.»

Conrad chinò il capo. Non sapeva che risponderle, ma questo ormai era un fatto assodato.

«Infine, caro, a Berlino ho il mio lavoro, faccio un secco di soldi grazie ad Acme Inc. E poi ho trovato te, il mio micione triste. Io sono felice in questa città, la preferisco così com'è. Divisa. Mi dà modo di appartenere a qualcosa in cui ho fiducia e, soprattutto, di sapere che cosa non vorrei. In America non esiste questa consapevolezza, laggiù la lotta quotidiana è contro se stessi, tra chi vorrebbe avere e chi vorrebbe avere di più. In fondo, il blocco socialista mi affascina, specialmente nella sua espressione tedesca, la tua vecchia casa. Tutto quel grigio, la cappa plumbea, sono un richiamo costante alla realtà, il metro di paragone con la nostra fortuna. Come dite voi? *Ich bin drin, und du bist raus!*» lo abbracciò.

Mentre lo teneva stretto, si chiese se ne fosse innamorata. Evitò di guardalo in faccia e di avere la risposta definitiva. Probabilmente non lo era, ma lei non cercava l'amore, piuttosto una compagnia che le desse la cifra di quel luogo. Un uomo come lui, una sorta di congegno sprovvisto di desideri che non fossero lei, il suo corpo formoso in ottimo stato di conservazione. E i pochi altri che aveva, contrastanti. Dargli la carica significava scatenare dentro di lui una tempesta di rimpianti, dubbi, rimorsi dai quali trovava pace solo con dosi generose di cognac Napoleon. Proprio vero! Liberarsi dalla DDR significava imbattersi in se stessi.

Decise che Conrad aveva bisogno di una vacanza.

«Ok,» disse «ce ne andiamo un paio di settimane al sole, farà bene a entrambi.»

Per l'occasione Betty tirò fuori la berlina dal garage. Era lei a chiamarla così, berlina. In realtà era una fuoriserie decappottabile, una Mercedes-Benz W111 Cabriolet 280, il sogno di ogni tedesco panciuto di mezza età degno di definirsi federale. Non se la sarebbero potuta permettere nemmeno con gli stipendi generosi che percepivano. Lei sì, amministratrice delegata di Acme Inc. per la Germania. Betty pensava di fare colpo sul micione più che con la spider, ma Conrad non batté ciglio. Per lui non faceva differenza. Betty ci restò male, ma ormai lo conosceva. Fortunatamente, al micione piacevano più le sue curve della carrozzeria colore blu elettrico della W111 e questo le bastava. Però, ce ne voleva di pazienza… Conrad era un autentico crucco!

Betty abitava in un lussuoso appartamento in Danckelmanstraße, nel quartiere di Charlottenburg. Desiderava dividerlo con lui, aveva tentato a lungo di convincerlo a trasferirsi, ma Conrad preferiva vivere nel suo stambugio, in una traversa a fondo cieco di Marienfelder Chaussee. La raggiungeva a pranzo e si tratteneva alcune notti. Betty pensava che fosse il lusso che lo mettesse a disagio, in realtà lo terrorizzavano gli elettrodomestici, in particolare la lucidatrice, che si muoveva secondo un programma predefinito e pareva vivere di vita propria. Se la ritrovava sempre alle spalle con le spie che lampeggiavano, lo fissava quand'era seduto sulla tazza, con aria di riprovazione, lo accoglieva sulla soglia e non si spostava finché non si era pulito le suole delle scarpe. Peggio di una suocera! Chissà com'era in realtà la mamma di Betty? Per saperlo avrebbero dovuto trasferirsi in America, a New York, invece partirono per le vacanze. Destinazione, Grenoble.

Dinanzi alla sua perplessità, che un'altra avrebbe preso per ingratitudine, si sentì di rassicurarlo.

«Ti piacerà, caro. Vedrai... Ho delle care amiche laggiù, delle francesine piacevolissime. Ma non farti venire cattive idee, dovrai accontentarti di me. Bacio...»

«Ti prego, guarda avanti.»

Il cielo rischiarò. Non appena varcato il confine francese, il calore si fece intenso. Betty azionò un comando e la capote si chiuse come un ventaglio, crollò dietro di loro. Un miracolo tecnico assai più apprezzabile della lucidatrice. Lei lo sbirciò. La fitta peluria di Conrad fremeva al vento. Sembrava felice, sorrideva.

«Spesso mi chiedo perché al mio posto non ci siano un uomo facoltoso, uno sportivo, un artista, un attore...»

«Intendi dire, accanto a me?»

Conrad annuì.

«Sei una bella donna, dai gusti difficili, ricca, generosa e ti accontenti di un pastore che ha vestito una divisa. Sconosciuto, peraltro...»

«Be', Conrad, la tua insensibilità non mi offende soltanto perché tu sei il primo a ignorare chi sia il poveraccio che amo. Tu pensi a un pastore, a una recluta, una guardia, mentre io vedo un uomo che ha fatto una scelta che ancora non gli consente di sentirsi tale. E si sente in colpa per la famiglia, gli amici, i commilitoni. Si sente un ingrato per avere lasciato il serraglio che lo nutriva a orari fissi, gli dava quattro soldi e una pacca sulle spalle, una casa delle bambole tappezzata con la carta da parati, un televisore senza antenna e un fornello. Licenze da annegare nella Schnapps e un viaggio premio a Baku ogni cinque anni di fedele servizio. Io sono grata alla mia vita. Ora non provare a scusarti… Non fai che scusarti» cambiò una marcia, l'auto ebbe un sobbalzo, come se l'avesse scossa dal suo torpore da crociera.

Erano diretti a Grenoble, una località che Betty pronunciava senza vocali: «Gnbl». Assai distante dai percorsi su cui viaggiava abitualmente col pensiero. Se ne stettero zitti per alcuni chilometri. Fu ancora lei a rompere il silenzio.

«Bacio… Ecco. Pace fatta. Raccontami del tuo amico Peter.»

«Vuoi proprio?»

«M'interessa. Ogni volta che accenno a lui, ti fai evasivo.»

«È per come l'hanno sistemato…»

«Come?»

«Impalato.»

«Che crudeltà!»

«È stato per dare l'esempio.»

«Bastava una corda.»

«Il fatto è che gli erano cresciute le ali. Lui contava molto sulle sue ali, purtroppo non si erano mai sviluppate per un volo decente. Troppi i pensieri che gli passavano per la testa, era diventato un adulto molto presto, molto pesante. Quel poco che era rimasto delle sue ali, l'aveva portato poco lontano, nel posto sbagliato. Avrebbe potuto salvarsi, ma lui era la liberazione che cercava, non la salvezza. Gli uccelli neppure immaginano che cosa significhi liberarsi. Ci hanno pensato quelli là. Se almeno non avessero scoperto quelle ali…»

Betty lo sbirciò, Conrad piangeva. Niente lacrime, solo gli occhi arrossati.

Percorsero altri chilometri, il tempo si fece più bello. Caldo torrido sulla campagna piatta. Betty decise di fare una sosta. Uscì dall'autostrada e percorse alcuni chilometri lungo una polverosa strada di campagna, dove non incontrarono anima viva. Solo campi, a perdita d'occhio. Proseguirono, finché costeggiarono un canale che s'inoltrava in una macchia di alberi. Betty parcheggiò l'auto, si tolse le scarpe e s'introdusse nel folto. Conrad la seguì.

Si guardò intorno.

«Non dovrebbe venire nessuno... Facciamo il bagno.»

«Lì dentro?»

«L'acqua è pulita!»

Si liberarono degli abiti e s'immersero, si abbandonarono alla corrente impercettibile del canale. Rinfrescati, salirono a riva e si nascosero tra le piante ad asciugarsi. Conrad s'inginocchiò alle sue spalle e le strinse i seni.

«Conrad, non qui...» ridacchiò e reclinò il capo. «Conrad...»

Restarono a lungo addormentati. Si risvegliarono in pieno pomeriggio, sudati e assaliti dagli insetti. Dai campi, giungeva un ampio frinire, un respiro possente e monotono. Guardarono fuori dal folto la vastità rifulgere di luce. Il bagliore del grano accoglieva il cielo liquefatto. Betty sedette accanto a lui, si rannicchiò e posò il mento sulle ginocchia. Ciocche di capelli castani le si appiccicarono alle guance accaldate.

«Spesso ho la sensazione che tu mi consideri una sgualdrina.»

«È così che ti senti?»

«Mi sento così.»

«Dopo ogni amplesso?»

Alzò il capo seccata: «Non avresti nulla in contrario se chiamassimo i nostri rapporti come fanno tutti?»

«Sarebbe a dire?»

«Che facciamo l'amore.»

«Ti farebbe sentire meno colpevole?»

Betty arrossì: «Che diavolo ti passa per la testa, quando mai mi sono sentita colpevole?»

Conrad si avvicinò a lei e le liberò i capelli dalle pagliuzze. Betty scosse il capo e sospirò: «Se ci rivestissimo?»

«Fallo tu, io ti osservo.»

«Tu vuoi farmi sentire una sgualdrina» sorrise e si rialzò. «Diversa non mi vorresti.»

Il luogo sedimentava in un'assoluta immobilità se non fosse stato per le rondini che passavano radenti i campi e tornavano a impennarsi nel bagliore accecante del pomeriggio. Il canale non era uno scolo di liquami putrescenti che si sarebbe potuto immaginare, era acqua per irrigare, magari un po' limacciosa, ma per rinfrescarsi andava benissimo. Non bisognerebbe sospettare di ogni cosa. L'acqua scorreva lenta all'ombra degli alberi che avevano accolto il loro amplesso... Il loro amore!

L'appartamento di Grenoble era vecchio e minuscolo, molto francese. Si trovava al primo piano di una palazzina dalle finestre strette, alte fin quasi al soffitto, che si aprivano su una piccola piazza, contornata di tigli. Un quartiere appartato e discreto, dal quale s'intravvedevano le Alpi tremolare nella foschia estiva. L'afa era soffocante, così si distesero sopra le coperte. Non correva un filo d'aria. Betty spense la luce.

«Bacio...»

Lui la baciò e si distese supino. Scorrevano sul soffitto le ombre di Grenoble. Qualcuno parcheggiò. Spense il motore e i fari. Chiuse lo sportello. Passi che si allontanavano, la replica di una trama luminosa filtrata dalle gelosie, i tigli e le tende. Non proprio arabeschi. Righe, aloni: ondate ininterrotte di aloni generazionali. Quanti anni aveva registrato il soffitto? Quanti ne correvano tra Betty e lui? La notte di Grenoble, la stessa di Berlino Est, opprimente e interminabile. Conrad previde di non addormentarsi prima dell'alba. Invece, il tremolare d'ombre scompose i suoi pensieri e li disperse.

Aprì gli occhi e si mise a sedere sul letto. Fece scorrere la lingua sulle labbra, tutto quel cognac gliel'aveva gonfiata e intorpidita. Si stropicciò la faccia e cercò di raggiungere il bagno prima d'incontrarla. Fece una doccia fredda e si asciugò. Desiderava radersi a puntino, mostrarsi passabile anche di mattina.

Lei lo attendeva in cucina, avvolta in una vestaglia succinta, acciambellata su una sedia. Imburrava una fetta di pane, lo faceva con lentezza, come se la stesse decorando. Osservava l'opera e sorrideva.

«Perché sono convinta che tu mi creda vittima di un trauma adolescenziale?»

«Forse perché non ti ho mai chiesto nulla del tuo passato e tu l'interpreti come un riguardo. Invece, non mi va d'immaginarti diversa da ciò che sei.»

«Il tuo è presto detto.»

Alzò le spalle.

«Non credo di avere veri ricordi della guerra, solo sensazioni che non so spiegarmi. Un senso di vuoto nella testa come chi fugga in preda al panico. Panico, no. Ricordo squadre di soldati russi radunati contro i blindati che ridevano e dormivano oppure si aggiravano per le strade di notte. Battevano alle porte. E poi la scuola, le greggi che governavo a Döbeln. Mia madre, mio padre, le mie sorelle… Loro portavano l'acqua e il pranzo. Pelavano le patate, cucivano. Talvolta cantavano. *Kein Feuer, keine Kohle kann brennen so heiß…*»

Betty sorrise. Conrad non cantava male, aveva una voce roca, ma intonata.

«Sono stata con un uomo» gli confidò. «Più di vent'anni fa, a Providence. Io di buona famiglia, in cerca di guai, lui un borghesucolo che desiderava una vita tranquilla, insegnante di matematica. Si chiamava Bert. Convivevamo. Avrebbe voluto sposarmi. Cerimonia religiosa, con invitati, regali e tutto il cinema… Un uomo insignificante. Tre anni è durata. Potevano bastare, l'ho cacciato via.»

«L'hai cacciato?»

«Non spaventarti, caro! Con te non lo farei mai… Dove troverei un altro come te? Lui era incapace di guardare in faccia la realtà e di prendere una decisione definitiva. Era diventata una questione di orgoglio. Poveraccio, gli ho fatto vedere i sorci verdi! Non se lo meritava, in fondo. Era gentile, premuroso, ma di una tale insignificanza... Non facevamo più l'amore. Lui non mi cercava ma, se l'avesse fatto, l'avrei respinto. Caro, ma tu sei uno straccio! Io mi limito a consigliartelo, faresti bene a limitarti. Immagino che tu stia bruciando di sete e l'acqua ti metterebbe nausea. Butta giù un Napoleon e ti sentirai subito meglio. Uno solo, poi mangia qualcosa...»

Aveva ragione, Betty: un sorso di quella roba e la vita riprendeva a sorridere schifata, pensò Conrad Schumann, sentendosi di nuovo in forma.

«Ti suggerisco di andarci piano, per oggi. Stasera saremo ospiti delle mie amiche, le mie sorelline del liceo. Quelle ci danno dentro a più non posso, in certe occasioni. Non si fanno scrupoli. Ah... Non te l'ho mai detto, io ho studiato qui. Dopo la guerra, mio padre è stato incaricato della direzione di Acme Inc. nel Sud della Francia. Così ha portato qui la famiglia. Come vedi, sono figlia d'arte. Poi, ho frequentato Economia a New York e sono tornata in Europa. Berlino! Il grande capo era certo che avrei avuto successo... L'ho lasciato mezzo morto, dopo il colloquio: mai stuzzicare una giovane di talento! Capito, micione? Con te, è tutt'altra musica. A questo proposito, ti avverto. Non che io sia gelosa, ma tu sarai l'unico maschione, stasera. E quelle sono proprio assatanate! Violaine Pouynant no. Lei è la mia amica del cuore, la padrona di casa. Ma le altre quattro, mi raccomando...»

«Tutte francesi?»

«Sì, ma tu non devi preoccupati di capire ciò che dicono. Le altre le abbiamo perse di vista, purtroppo. Una classe incredibile, tutte donne. Chi se n'è andata, chi s'è sposata... Siamo rimaste solo noi sei.»

Sbadigliò e stiracchio le braccia.

«Violaine è una donna eccezionale. Sposata due volte, li ha cacciati entrambi. Gli uomini sono rigorosamente esclusi dai nostri incontri.»

«Non saresti più a tuo agio se io stessi qui ad aspettarti?»

«Che dici? Non vedono l'ora di conoscerti! Ti piaceranno, vedrai.»

Il taxi li lasciò ai piedi di un palazzo, in Rue de Strasbourg. La via era deserta. Betty suonò il citofono, nessuno rispose, ma la serratura scattò. Entrarono e salirono le scale. Le ragazze si sporsero dalla ringhiera, una mostra di gambe senza pudore. Fu un tripudio alla vista di Betty. Violaine si precipitò e la abbracciò, poi prese Conrad sottobraccio e lo condusse fino all'uscio di casa. Sul pianerottolo fu tutto uno sbaciucchiamento come se fossero assaliti da un banco di pesci. Conrad si ritrovò seduto su un divano con un bicchiere colmo di un liquido dal colore sospetto e due ultraquarantenni al fianco che lo sottoponevano a una gragnola di domande incomprensibili. Parlavano tutte insieme, facevano un fracasso infernale.

Una delle due conosceva alcune frasi in tedesco. Conrad intese che desideravano conoscere particolari riguardanti le performance di Betty, ma finse di non capire. La gestualità, però, non lasciava luogo a equivoci. Al che, divagò. Chiese di sapere i loro nomi.

«Io sono Alexi.»

Si percosse il petto.

«Io Andrea.»

Non erano delle bellezze, ma sembravano simpatiche. Entrambe vestivano abiti cortissimi.

«Io… Conrad!»

«Joseph Conrad? Oppure Konrad Lawrence…» si sganasciarono.

Al che, si alzò in piedi e le lasciò senza parole. «No…» pose assai cerimoniosamente le dita sul petto. «Io sono Conrad Schumann!» sbarrò gli occhi.

«Ah…» corsero in cucina per rivelarlo anche alle amiche.

Ne giunsero altre due.

«Alice! Lei è Flavie.»

«Conrad…» porse la mano.

«Spiffera tutto anche a noi» si fece sotto Alice, con aria conturbante. Indossava dei pantaloni, ma la scollatura era sensazionale. Ne doveva essere consapevole, perché spingeva avanti il seno. Era la più determinata, sfoderava un sorriso beffardo. L'altra, invece, attendeva a occhi sgranati, un fuscello dai capelli cortissimi e il trucco eccessivo. Ostentava la bocca, la sola parte morbida che avesse. Alice insinuò con l'amica che lui fosse il manutengolo di Betty. Conrad capì.

«Né denaro né omaggi, madame. Mi servo di una piccola riserva personale, limitata come le mie necessità» la mimica non lasciava adito a dubbi.

«Tipo suscettibile!»

Violaine, che parlava un buon tedesco, udì e intervenne: «Non far caso a queste baldracche, gli piace provocare tutti. Così rimangono sole» annuì.

«*Il n'est pas offensé.*»

«Ti sei offeso?» gli chiese Alice.

«No.»

«*Vu?*»

La serata prese quota.

«Mettiamo qualcosa?»

«Faccio io...» Alice si avvicinò al giradischi, frugò tra i quarantacinque sparsi per terra.

«*Tous les garçons et les filles de mon âge*
Se promènent dans la rue deux par deux...»

Le ragazze non gli consentivano di inghiottire un boccone. Intervenne ancora Violaine e le riprese con energia. Lei era la più assennata, oltre che la più attraente. Non era la più anziana, piuttosto la più adulta. La vita l'aveva segnata. Non era passata indenne attraverso gli anni com'era accaduto a Betty e, a quanto pareva, come le superstiti della loro classe che avevano proseguito sulla strada dell'emancipazione. Lei doveva essersela guadagnata un giorno dopo l'altro, loro, invece, avevano solo evitato lo scontro. La coerenza si paga a caro prezzo, ma non è certo che sia sempre più economico scendere a patti con se stessi. In un caso o nell'altro, Violaine aveva commesso degli errori, che, però, l'avevano resa più consapevole, una vera donna. Tuttavia, si sentì affascinato non tanto da lei, ma da Alice, la provocatrice. Di tanto in tanto, la sbirciava. Lei ne accorse. Se ne accorsero tutte. Le amiche di Betty non smettevano un attimo di sghignazzare e parlare ad alta voce, gli porgevano le domande più disparate, che Conrad non capiva o faceva finta di non intendere. Gira e rigira, comunque, l'argomento era sempre lo stesso.

Violaine fece circolare il vino, abbassò le luci e prese a raccontare di sé. Le altre ascoltavano. Intanto, la mano di Alice non smetteva di tormentargli la schiena, lo faceva sempre più esplicitamente. Le amiche se ne accorsero, tranne lei, che indugiava con crescente abbandono. Il rifornimento di vino non smetteva un istante. La stessa Betty aveva già vuotato parecchi bicchieri, mentre a lui avevano servito del gin, dato che non c'era di meglio. Alice aveva gli stessi anni delle altre, ma si sarebbe detta più giovane. Probabilmente, era il suo corpo affusolato a farla apparire ancora un'adolescente e l'assenza totale di trucco. Alice non aveva una ruga in viso e due occhi neri, profondi, allucinati. Ognuna di loro cercava di somigliare a ciò che non era più.

«Sassi che il mare ha consumato
Sono le mie parole d'amore per te…»

Parlarono di ogni cosa, del passato e del presente. Al presente, si fermarono e il comune filo conduttore si dissolse in argomenti intimi.

La ricorrenza che durava dai tempi della scuola si affievolì con le ore e col vino. Violaine spalancò i vetri e l'aria fresca irruppe nel soggiorno. Si sedettero allineati a osservare i tetti della città silenziosa. Aveva l'aria di una disfatta generazionale, di cui lui, Conrad Schumann, era un simbolo. Si chiese che parte avesse lui laggiù, tra quelle donne sconfinate oltre il loro tempo, con l'equipaggiamento inadeguato. Col trascorrere delle ore non ebbero più granché da dirsi. Pure, insistevano. Non si trattava di emancipazione, si avvicinava di più a una forma mascherata dell'esistenzialismo.

«Lontano, lontano nel tempo
Qualche cosa negli occhi di un altro...»

Accettavano di annullarsi in quel rito stantio che le riportava indietro, alla solitudine dei loro anni scolastici, i quali erano trascorsi identici alla serata silenziosa di cui Conrad era il solo a poter stabilire l'autenticità.

Grenoble, tacque. Tacquero anche le ragazze. L'entusiasmo svanì. Qualcuno si versava ancora del vino, ma poi lo beveva con lentezza, a piccoli sorsi. Alice dormiva, stretta a lui, il capo posato sulla sua spalla. Lui si girò e trovò la sua bocca, la baciò a lungo. Poi le toccò il seno, lei rispose intensificando il respiro. Era una notte senza senso. Ormai percepiva solo il cicaleccio tra Betty e Violaine, in una lingua incomprensibile.

«Conrad...»

Si svegliò ricoperto da un plaid. Alice dormiva profondamente, aggrappata al suo braccio. Le altre si stiracchiarono. Betty era in piedi davanti a lui, stravolta dal sonno e dal vino. Oscillava a occhi socchiusi. Violaine tentò di convincerla che si fermassero a dormire, ma Betty fu irremovibile.

Una dopo l'altra si alzarono tutte. Si svegliò anche Alice. Non era uno spettacolo edificante.

«Che baldracche!» commentò Violaine con un sorriso esausto. «Chiamo un taxi...»

«Morbido il tuo pullover» disse Alice, che gli accarezzava il braccio.

«Tienilo tu» Conrad se lo sfilò.

Esitò.

«Avanti, mettilo» stabilì Betty, sebbene fosse un suo regalo.

Infine Alice lo indossò.

«Mi va grande...»

«Ti sta benissimo, invece» insistette Betty. «E poi si porta così.»

S'incamminarono in direzione di casa, l'aria del mattino li risvegliò. Betty s'aggrappò al suo braccio, fece il verso all'amica. Conrad sorrise.

«Incidente di percorso» si giustificò.

«Comprensibile. Non penserai che sia gelosa...»

«Come ti senti?»

«Non potrei stare meglio. Ora, però, devi pagare la penale. Voglio che mi baci come hai fatto con lei.»

«Qui?»

«Qui.»

«Potrebbero vederci.»

«Che importa?»

La baciò spingendola contro la serranda di un negozio.

«Ma così è come fai sempre...»

«Che cosa ti aspettavi?»

«Un po' più di sentimento. Se azzannerai il tuo amore come fai con me, la spaventerai e scapperà via» rise.

L'avevano capito entrambi, il loro capolinea si approssimava. Mancavano pochi passi. Un saltino...

«Conrad,» gli disse «io ho dato corpo a un sogno, a ciò che desideravo essere e che non mi è mai riuscito. Questo è stato grazie a te. È piacevole abbandonarsi all'incoscienza, ma bisogna sapere quando fermarsi, un attimo prima che diventi routine. Altrimenti dovremmo darci altri obiettivi, che, né tu né io, credo, siamo propensi a raggiungere. Il pericolo reale sta nel confondere la realtà dei fatti con la loro apparenza. E io non m'illudo. Ho giocato... Vengo a Grenoble, proprio a questo scopo, giocare. Mi piace! Anche le ragazze sono della mia stessa opinione: dare sfogo alla passione ma mai contagiarsi.

L'unica ad aver rischiato è stata Violaine. Due volte, due fiaschi. Ha creduto di poter andare oltre le vacanze, trasferire il gioco nella quotidianità. Che follia!» respirò profondamente e si scostò dalla serranda.

In quell'istante, l'aurora accese le rupi del Vercors.

«Noi non abbiamo pattuito nulla, avresti preferito che le cose fossero andate diversamente?»

Conrad scosse il capo.

«Comunque, qualcosa ti aspetti...»

«È innegabile.»

«L'amore?»

«L'amore, basterebbe.»

«Lo vorresti da me?» Betty avvicinò il volto al suo. «Rispondi senza timore di offendermi.»

«No.»

«No, certo» sorrise.

«Sono stati anni spensierati, intensi.»

«Anche momenti vuoti...»

«Non a causa tua.»

«Non a causa mia, ma perché ero io. Stai certo, quando sarà amore, te ne accorgerai.»

Intanto, ciò che dovevano essere alcune settimane, erano diventate mesi.

Si rifece settembre.

Il vento settentrionale batteva Grenoble. L'estate arretrava. Betty si strinse nel suo pullover e rallentò il passo. Si stava trasformando, tornava alle sembianze dell'amministratrice delegata di Berlino, autoritaria e scostante, capricciosa e imprevedibile. Spietata. Si strinse al suo braccio e si guardò intorno, non aveva ancora stabilito la data della partenza. Forse era quel luogo che cominciava a sembrarle monotono, mentre avrebbe voluto staccarsene con qualche rimpianto. Iniziava ad accorgersi di avervi consolidato delle abitudini, proprio laggiù, dove aveva previsto che non accadesse.

Le rondini allineate sui cavi della corrente percepivano il brusco calo della temperatura e spiccavano il volo per luoghi più caldi. Prossima fermata, le coste africane. Conrad Schumann sentiva l'aria aprirsi lungo la strada tra la Chartreuse e le Belledonne, giungere implacabile a insidiarlo fin là, mentre lui cercava di sottrarsi al suo dilagare tra i salienti dell'anticiclone, come all'età, agli ideali, ai blocchi contrapposti, e annullarsi in un paganesimo segreto e dionisiaco. Prossima fermata?

Betty sbarrò le finestre di casa, lui portò giù le valigie e le infilò nel baule della Mercedes. La pioggia liquidava l'ombra dei tigli, nella piccola piazza, l'ombra dei pomeriggi di Grenoble che tingeva la pelle candida di Betty. Lei non era del solito umore, sembrava triste. Cercò di nasconderlo riordinando febbrilmente il poco che rimaneva della loro vacanza e infilò gli occhiali scuri.

«Sei pronto, caro?»

Faceva freddo. Infilò i guanti e mise in moto.

«Partenza.»

Si lascarono alle spalle la piazza, il quartiere, Grenoble. Fu tale a un risveglio. Si addentrarono in un groviglio di incroci e segnali. I tergicristalli scricchiolavano sul parabrezza, frantumavano i sobborghi e la loro estate. Conrad si fece cupo. Gli scrupoli… Stava tornando a loro. Li aveva lasciati in deposito al confine tedesco, come una zavorra dal dazio troppo elevato.

9. La sensitiva

Alice giunse a Berlino contemporaneamente a John Young sulla superficie lunare. Che sorpresa! Si ricordava ancora di lei? Ma certo! Conrad pensava che fosse in città per far visita a Betty. No, no… Desiderava raggiungere proprio lui! Ci aveva pensato a lungo, confessò. Due anni sono un tempo ragionevole per meditare le cose e prendere decisioni definitive. Ma era stato solo un bacio… Come dice la tipa? «Un bacio è troppo poco.» Un bacio e un pullover, *pure cashmere*! Un regalo passato di mano, come scambiare una casacca per un'amica, sorrise. Be', qualcosa più che un'amica: se due erano un tempo ragionevole, cinque anni insieme non erano cosa da poco. Betty come stava? Chi l'aveva vista più? Si erano lasciati senza drammi, ma, in quell'istante, gli sembrò il frutto di un baratto.

«Non sei contento di rivedermi?»

«Tutt'altro.»

A prima vista, Alice sembrava una svampita, invece era una tipa decisa, avventurosa.

«E allora perché quella faccia?»

«Sono solo stupito. Entra…»

Panoramica desolante. Letto sfatto, indumenti disseminati ovunque, pile di piatti e l'inevitabile odore di chiuso.

«Ma questa è una topaia!»

«Che t'aspettavi? Per un uomo solo è l'ideale. A proposito, hai notato qualcuno che bazzicava intorno all'ingresso? Auto in sosta con gente a bordo… Nessuno?»

«Due che si baciavano.»

«E quando ti hanno visto?»

«Hanno continuato a baciarsi.»

Alice aveva finalmente saputo chi era Conrad. Gli rivelò di avere osservato attentamente la foto del salto, ma di non essere riuscita a riconoscerlo con quel tegame sul capo. Insomma... Che si ricordasse che la lingua l'aveva messa lui per primo! A lei sarebbe bastato a fior di labbra, così, per amicizia. Invece, era stato lui, Conrad, ad andare in profondità. La cosa l'aveva sconvolta. Un anno per riaversi, un altro per convincersi... Piuttosto, cos'aveva bevuto?

«Gin.»

«Ah... ecco cos'era quell'alito orribile! Posso mettermi in libertà?»

«Stavo per proportelo io.»

Alice si stabilì a Berlino, nella topaia che presto prese le sembianze di una tenda beduina, con lei seduta a una grande scrivania coperta da una tovaglia blu, tra ampie tende drappeggiate e luci soffuse, dirette verso l'alto. Per fortuna, Conrad Schumann non aveva amici che frequentassero casa sua, tranne Wolf Biermann, che, opportunamente, diradò le proprie visite.

Alice, si poteva ben dire, era riuscita a sconvolgere la vita di Conrad. Cosa che a Betty non sarebbe mai stata possibile. La donna aveva un passato da psicologa, ma era stata inibita alla professione dall'autorità giudiziaria per ragioni sconosciute, pertanto aveva imboccato la strada dell'occultismo. Si guadagnava da vivere leggendo le carte e compilando l'oroscopo, parlando con i defunti e ricercando persone scomparse. Studiava alacremente il tedesco, per poter lavorare anche a Berlino, dov'era certa di svolgere la sua opera tra gente meno scettica dei francesi.

Alice insistette che l'accompagnasse ad Amsterdam, a un congresso di parapsicologia che si teneva al Banks Mansion. Conrad in quel periodo non aveva sufficiente denaro, lavoricchiava qua e là senza fortuna. Inoltre, non aveva perso il vizio di tracannare cognac. Si presentava in ritardo al lavoro, talvolta alticcio. Spesso non si svegliava neppure. Aveva un bel dire Günter Mittag che il socialismo si sarebbe sviluppato sulle sue stesse basi, quando i suoi giovani più promettenti inscenavano spettacoli simili, addirittura nella Germania federale, dov'erano fuggiti proprio per evitare la sua profezia. Avrebbe dovuto essere felice di perderli, invece l'irritava di più saperli vittima degli aspetti peggiori del sistema capitalista che osservarli prosperare. Perché diavolo erano fuggiti dal paradiso dei lavoratori? Questi neppure dalle loro ceneri sarebbero più rinati, neppure se fossero stati la fenice! Comunque, Alice gli assicurò che avrebbe pensato a tutto lei, purché accettasse. Confessò che gli rimaneva soltanto lui, Conrad, mentre gli anni passavano e l'aggredivano come tentacoli. Che osservasse cosa le aveva combinato l'età... La guardò. Gli sembrò la stessa che aveva baciato a Grenoble. Glielo disse pure. Allora, lei afferrò uno specchio. E queste? Lo fulminò, alludendo alle rughe intorno agli occhi. Conrad le consigliò di fare una vita più sana, stare all'aria aperta. Sorridere. Una donna che sorride è come se ringiovanisse. Per cosa avrebbe dovuto sorridere? Per i suoi fallimenti? Perché no? Quindi ammetteva che lo erano... Che cosa? Fallimenti! Lui le aveva solo consigliato di sorridere più spesso. Aveva un sorriso delizioso, le accendeva il volto. Questo la calmò. Ammise che lui era il migliore degli uomini. Conrad si lasciò convincere di seguirla ad Amsterdam.

Alice era certa che il suo soggiorno a Grenoble con Betty fosse il frutto di un sortilegio e che Conrad avesse lasciato il suo intelletto laggiù, nascosto da qualche parte. Nel cassetto del comodino, sotto un tappeto... Oppure fosse finito sulla luna. Ora, lassù, c'erano Young, Mattingly e Duke. Si poteva comunicare con loro, un'occhiata potevano pur darla. Un'ampolla, esatto... Grande, quanto? Non avrebbe saputo dirlo... Un pitale, ecco, grande come un pitale. Attenti al tappo, però. No, non conteneva nulla di contaminante: il pensiero non contamina... Sì, per la verità, contamina, ma non certo il suo! Pareva loro che Conrad Schumann potesse contaminare qualcuno? Le caratteristiche del contenuto? Bah... Il signor Young dice che sull'etichetta ci sarebbe scritto: «Liquor sottile e molle, atto a esalar, se non si tien ben chiuso». E tra le altre cose: «Senno di Conrad Schumann. Sassonia, Germania. 1942». È quella! Non ci sono dubbi. Insomma, era assolutamente da recuperare. Altro che alcol! Altro che cognac Napoleon! Il torpore di Conrad, le distrazioni, il parlottio, le allucinazioni… Sì, perché, a sentir lui, sembrava ne avesse in continuazione: sua madre, i suoi fratelli che lo richiamavano a un passato agreste, tra tutte quelle pecore che ora non erano più loro, perché se l'era prese lo Stato. Divorate, certo! Ai banchetti offerti dal signor Ulbricht alle sue concubine. E i suoi camerati, le guardie della Sicurezza che lo rivolevano tra loro, a bere birra e Schnapps, nelle lunghe serate d'inverno… Il senno del suo amico se n'era proprio andato, era strisciato sulle curve di Betty, un amplesso dopo l'altro, sebbene lei preferisse chiamarlo amore. Sapeva lei, come estrarre il liquore, non a caso era amministratrice delegata di Acme Inc. Della Stasi? Ma fatemi il piacere! Era una viziosa, tutto lì. Ma adesso era finita, subentrava lei, Alice, la sensitiva, la psicologa. No che nemmeno lei era della Stasi! La finissero con quell'ossessione, rischiavano di diventare paranoici. Lasciassero fare a lei. Ora, sarebbero andati ad Amsterdam per proseguire in una nuova vita, libera e appagante. Sarebbe stata una trasmigrazione, il salto decisivo, autentico, oltre il materialismo dov'era finito col primo balzo nel 1961, affermò entusiasta. Quando Conrad comunicò la sua decisione a Wolf Biermann, si aspettava di ricevere una vibrata reprimenda, invece il poeta-menestrello non eccepì. Si limitò a una scrollata di spalle. Lo beneficiò addirittura di una somma di denaro. Per non sfigurare, disse.

«Ma sono marchi orientali!»

«Conrad, che cosa pretendi? Io non navigo nell'oro.»

Il giorno che precedette la partenza, andò a pranzo al Magique. Lo servì direttamente Madame Nhu. Lo fece assai discretamente. Sedette di fronte a lui e s'informò se rispondesse a verità ciò che aveva udito. Che cosa aveva udito? L'era giunta voce che si sarebbe recato all'estero con una sensitiva. Vero, da chi l'aveva saputo? Da Herr Biermann. Che cosa le aveva detto, esattamente, Herr Biermann? Avrebbe voluto essere al suo posto, disse, e gli risparmiò i particolari più scabrosi. Comunque, badasse a se stesso e, soprattutto, controllasse accuratamente il tabacco delle sigarette prima di accenderle. Conrad Schumann le spiegò che le sensitive non alteravano lo stato della loro coscienza attraverso l'uso di sostanze allucinogene, ma per una loro naturale disposizione. Come gli alienati, commentò Madame. Non era esatto, si trattava di stati di preveggenza innati, del tutto transitori. Lo spero per voi, augurò Madame, e si allontanò.

Si facesse una buona volta i fatti suoi, Wolf Biermann!

Si erano dati appuntamento al Magique per le dieci. Prima, Conrad si sarebbe presentato a un colloquio di lavoro. Lei lo attese seduta al tavolino a gambe scoperte. Aveva scostato i lembi dell'ampia gonna per rinfrescarsi, Madame Nhu la fissava indignata. Teneva i capelli avvolti in una sorta di turbante color indaco e l'addome scoperto per via della camiciola annodata al torace. Non appena Conrad entrò nel salone, Madame gli rivolse uno sguardo impietosito, il suo futuro era segnato, annuì, non serviva essere preveggenti.

L'umore di Conrad peggiorava di giorno in giorno. Il colloquio era ovviamente andato male. Puzzava di Cognac ancor prima di uscire di casa. Che cosa pretendeva? Dire che aveva presentato le proprie credenziali a una ditta che distribuiva fusti di birra in tutta Berlino. L'ultimo posto dove presentarsi alticci, ma aveva confidato nella buona disposizione riservata alla clientela. Infatti, chi commerciava quella roba come prima cosa avrebbe dovuto mostrare di apprezzarla. Bigotti, pensò. Ipocriti!

La sbirciò. Provò a considerala con obiettività, si chiese se fosse caduto vittima di una fattura, come sostenevano molti, ma lui si vantava di non essere tra coloro che prestano fede ai pregiudizi. Non era buona cosa.

«Buona cosa sarebbe ignorare i pregiudizi, ma anche i pregiudicati» gli sibilò all'orecchio Madame Nhu. Da che pulpito! Gli sovvenne.

Intervenne Wolf Biermann in suo soccorso.

«Non far caso alle opinioni delle donne sulle donne. Si tratta quasi sempre di gelosia, di invidia. Sono creature fatte così, bisogna capirle. Noi uomini siamo qui per questo. Per capirle. E perché non soffrano a causa loro, ma solo a causa nostra.»

E poi era una bella donna, Alice, forse un po' secca, ma appetibile. Certo, il modo d'abbigliarsi non la valorizzava granché, ma doveva pur concedere qualcosa al suo personaggio. Conrad l'immaginò vestita e pettinata come una mannequin e non gli piacque.

Giunti a destinazione, fissarono per pochi fiorini una stanza a Lijnden, di fianco all'aeroporto, in un tugurio sottoproletario, lercio e scomodo: bagno e docce comuni in fondo al corridoio, code mattutine, miasmi intollerabili. Lei lo trovò pittoresco, sebbene i vetri vibrassero notte e giorno per i decolli e gli atterraggi ininterrotti.

Stranezze meteorologiche. L'Olanda si risvegliò in un'atmosfera afosa, la luce avvampava nelle vie. Loro trovarono ristoro nei parchi. Alice indossava un'ampia gonna colorata, lunga fino a terra, ciabatte e camiciola scollata, si era pure sciolta i capelli, che solitamente teneva avvolti nei suoi turbanti variopinti. Così non l'aveva mai vista. Si distingueva dalle zingare che transitavano, scalze e con i bambini accanto, per il colore madreperlaceo della sua pelle.

Alice l'aveva convinto a parcheggiare la Volkswagen in un garage assai distante dall'alloggio. Conrad non capì perché dovessero fare tutta quella strada, quando posti liberi ce n'erano ovunque nel quartiere.

La sera stessa, al loro rientro, trovarono il bar dell'hotel gemito di ubriaconi che bevevano birra e facevano un gran chiasso. Al loro ingresso, si zittirono. Salirono in stanza, preceduti dall'oste, il quale aprì la porta sul tugurio. Pavimento in assi di legno grezzo, pareti con carta da parati dal tema floreale, armadio di tela, una sedia, un letto matrimoniale.

«Il bagno?» domandarono.

«In fondo al corridoio, a destra.»

Li rassicurò che prima delle dieci li avrebbe cacciati fuori, così avrebbero potuto riposare. Conrad si accorse che quel tale l'osservava di soppiatto con insistenza. Alla fine non resistette.

«Perdonate, mister, per caso siete quello che è fuggito da Berlino Est?»

«Sono io.»

«E... Madame?»

«La signorina è la mia *baby*, regge le mie performance più estenuanti.»

«Capisco. Siete un uomo di gusto» e posò gli occhi su Alice, che lo ricambiò, facendosi passare la lingua tra le labbra.

L'indomani si svegliarono con la pioggia. Un intenso odore d'asfalto ed erba fradicia invadeva la città. Si alzarono, si prepararono e scesero di sotto per la colazione. Conrad indossava un abito di lino chiaro, lei pantaloni a fessura, corsetto in mussola trasparente e turbante viola. Come la vide, l'oste perse lucidità. Si avvicinò e chiese che cosa gradissero. Tè al gelsomino e un cognac, Napoleon. Ci pensò un attimo, portò un dito alla fronte e sparì nel retrobottega.

Alice colse l'occasione per balzare dalla sedia, lo afferrò per una manica e lo trascinò fuori dall'hotel. Corsero come indemoniati tra i passanti per tutta Lijnden, non si fermarono prima di avere raggiunto il garage. Entrarono trafelati. Pagarono e salirono a bordo. La sensitiva mise in moto, fece retromarcia e quando fu all'esterno, partì a razzo.

Conrad Schumann era esterrefatto, se n'erano andati senza pagare il conto. Si voltò. L'oste non si vedeva, nemmeno le guardie. Fissò Alice, che rideva a crepapelle.

«Non ho più un soldo» rivelò come se si fosse liberata di un peso.

«Li avevo io...»

«Non sprecarli per cose inutili» affilò lo sguardo e s'infilò in una stazione di servizio. Conrad comprese di essere finito su una cattiva strada, fino ad allora l'aveva solo sospettato.

Un omone sbracato si avvicinò sotto la pioggia battente. Sembrava alticcio. Dalla canotta sporgeva la sua grossa pancia dall'ombelico estroflesso. Lei gli chiese di fare il pieno. Quello sfilo l'erogatore e si mise all'opera con fare indolente. Poco prima che il contatore si fermasse, Alice diede gas e partì trascinando per alcuni metri la manichetta, sradicata dalla pompa del carburante. L'omone, incredulo, rimase impalato a guardarli. E ancora non si muoveva mentre loro scomparivano dalla sua vista.

«Avrà letto la targa...»

«I numeri si dimenticano.»

«La macchina. Una Volkswagen, blu...»

«I colori si confondono.»

«Riconoscerà noi.»

«Conrad Schumann e la sua squinzia?»

«Rallenta...»

Lasciarono Amsterdam e si diressero in Belgio. Scendeva la sera. Cumuli giganteschi galleggiavano a occidente, l'autostrada vi affondava tale a una lama. Laggiù sarebbero scomparsi dalla loro coscienza, inafferrabili dalle forze di polizia che davano la caccia a dei ladri di carburante a bordo di...

«Che tipo d'autovettura?»

«Una Volkswagen!»

«Ce ne sono tante di Volkswagen.»

«Be', mi è sembrata una di quelle.»

«Di che colore?»

«Mah... blu. No, verde! Adesso ricordo. Era una Volkswagen verde. Guidava lei. No, lui! Un giovane e una tardona. Fatto il pieno, sono partiti a tutta manetta. Mi hanno strappato la pompa. Guardi... Guardi che roba. Stranieri? Per forza! Spagnoli? No, no. Italiani? Non mi pare... Non ho visto la targa, perché sono rimasto lì, come una statua di sale, ma se dovessi scommetterci direi... tedeschi.»

«Tedeschi? I tedeschi non fanno queste cose.»

«Bah... Lui mi pareva d'averlo già visto... ed erano diretti in Belgio.»

«Belgio? Non faranno molta strada.»

L'orizzonte si dilatava sempre più a mano a mano che si avvicinavano al Belgio. Anche i seni di Alice incombevano su di lui come nubi cumuliformi, mostravano la stessa illusoria morbidezza. La mano finì per assuefarsi, ne smarrì il tatto, mentre il crepuscolo violaceo colorava l'universo intorno all'auto che lo frugava a fari accesi. Il rombo monotono del motore sovrastò i sensi, la coscienza s'interruppe. Si risvegliò sotto l'insegna di un hotel, alla luce di una finestrella dalle tendine tirate.

La luce calò. Il Belgio si colorò di grigio e, poco dopo, scomparve alla vista. Il brusio del traffico conciliava il sonno.

«Perché fai queste cose?»

«Te l'ho detto, ho finito il denaro.»

«Non ti credo, la ragione è un'altra.»

«Non ti sei mai guardato allo specchio?»

«Lo faccio il meno possibile.»

«Peccato, perché sei il sosia di Pretty Boy Floyd.»

Quella notte udirono rumori di lotta giungere dal piano sottostante. Si affacciarono prima dalle scale e poi dal terrazzo. Il piazzale era gremito di poliziotti e di auto con i lampeggianti accesi. Poco dopo, trascinarono fuori due persone dall'hotel, un hippy e la sua ragazza, lo caricarono su un cellulare e partirono a razzo. La sua Volkswagen color miele rimase parcheggiata di fianco alla loro. Prima che lo portassero via, lo sentirono protestare che c'era un errore, lui non si chiamava Pretty Boy Floyd! Lui era di Amburgo. E la sua compagna non era una tardona, ma la madre dei suoi figli.

«Certo,» lo blandivano «lo racconterai al giudice.»

Abbandonarono l'hotel senza pagare il conto. Scovarono una porticina sul retro e uscirono di là. Il clima era cambiato, faceva fresco. Le nubi correvano più veloci dell'auto. L'oceano si annunciava nell'aria. Poco dopo comparve. Finiva là la loro fuga. La Volkswagen rifiatò, mandò un ringhio seguito da un brontolio cupo.

Prese a piovere sempre più intensamente. Si scatenò un nubifragio. Dal centro dell'oceano il grosso della perturbazione investì la costa a ondate. Si ripararono in un alberghetto poco distante da Ostenda. La sera era già scesa quando servirono la cena nella piccola sala da pranzo aperta sull'oceano. Il breve tratto che la separava dalla riva si era trasformato in una pozzanghera tempestata dalla pioggia, su cui si abbattevano onde fangose. Cenarono e salirono nella loro stanza. Alice desiderava concedersi una doccia.

La camera era piccola ma assai confortevole e ristrutturata con un certo gusto. Lei sparì in bagno. Conrad udiva lo scrosciare dell'acqua. Entrò. La sensitiva si stava insaponando. Le chiese di raccontargli di lei.

«Che cosa vuoi che ti dica?» assunse un'aria rassegnata. «Sono una psicologa. Lo ero. I pazienti avevano bisogno di altro, però. Avevano quello per la testa: se non lo capisce una psicologa… I primi tempi, sono stata molto selettiva. Solo i più distinti e i più fragili. I meno pericolosi, insomma. Poi ho ampliato l'orizzonte. È stato un errore, perché la voce si è sparsa. Radiata! Capito? Guadagnavo troppo, quello era il problema. La sala d'attesa gremita come lo stadio, i miei colleghi incazzati. Allora mi sono inventata la storia della sensitiva, mi sorprende che tu te la sia bevuta, ma va bene così. Qualche trucco l'ho imparato, l'oroscopo lo leggo sul giornale. Le carte…

Qualsiasi idiota impara a fare le carte e, certe volte, ci azzecca pure. Io, però, devo stare in guardia. Un conto è scivolare in un letto dalla psicologia, un altro farlo dalla parapsicologia. Così si creano i traumi e non si può mai sapere con chi si ha a che fare. Qualcuno dei miei pazienti l'ho conservato. Tutti hanno bisogno della psicologia e dell'occulto. Niente di serio, intendiamoci! Tuttalpiù piangono. Io li consolo, loro pagano. Che cosa guardi?»

«Sei un po' troppo magra. Un po' di morbidezza ti renderebbe ancora più desiderabile.»

«Tesoro, ho quarantasei anni. Si fa presto a sfasciare tutto alla mia età. Piuttosto, chi era quel tipaccio che hanno arrestato stanotte?»

«Non saprei.»

«Chissà perché l'hanno arrestato...»

«Penso che non abbia pagato il conto dell'hotel.»

«Vatti a fidare della gente! Però aveva l'aria del tipaccio.»

«È stato meglio così...»

«Che l'abbiano preso?»

«No, che ti abbiano radiato.»

«Gioia, fammi il piacere. Prima di coricarti, ricordati di dare due mandate alla serratura. Certi balordi non si fanno troppi scrupoli a squartare una psicologa e un bel *gaucho* come te, sorpresi nel sonno.»

Il temporale perse intensità. Il vento calò e smise di piovere, scese un silenzio irreale. Non si udiva un rumore, se non il rarefatto tuonare verso Ostenda e un timido guazzo che aveva sostituito l'ampio sciabordio della risacca. Tutto pareva spento, soffocato, senza profondità. Fuori dalla finestra non si vedeva nulla. Conrad Schumann aveva proprio preso una brutta strada.

Fecero ritorno ad Amsterdam appena in tempo per il congresso di parapsicologia. Alice lo pregò di accompagnarla al Banks Mansion. Per prima cosa gli presentò una collega che sputava chiodi su un piatto. Sosteneva di ottenerli dalla saliva, ma si lasciò innervosire dall'espressione scettica di Conrad. Al che proclamò piccata che non a tutto c'è una spiegazione. Spalancò la bocca e fece roteare la lingua.

«Visto, non c'è niente!» proferì acidamente. E riprese a far chiodi.

Gli astanti rivolsero a Conrad occhiate di degnazione. Poi lo condusse da un tale che riproduceva strani segni sanguinanti sulla schiena. Infine, ne saltò fuori un altro che gli disse di pensare a un numero. Lui pensò a 15673 e quello lo prese a male parole perché era troppo lungo e non si poteva neppure giocare alla lotteria. La sua amante lo pregò di non farle fare brutte figure.

Si accingeva a osservare un paragnosta che ipnotizzava delle cavie, quando sentì una mano posarglisi sul sedere. Si voltò. Una tipa dall'aria decisa con le braccia conserte l'osservava battendo la punta del piede. Accanto a lei, due ceffi in soprabito. Le chiese che cosa desiderasse.

«Si chiama, per caso, Pretty boy Floyd?»

«No. Io mi chiamo Schumann.»

Polizia, annunciò. Che esibisse i documenti. Li mostrò.

«Scusate tanto,» si accomiatò battendogli la mano sul sedere «vi abbiamo scambiato per un truffatore.»

Conrad n'ebbe abbastanza. Afferrò per un braccio la sensitiva e la trascinò fuori dal Banks Mansion come fosse un fuscello. Lei protestò, stava per iniziare l'esibizione dei pirobati! Conrad Schumann rispose che dei carboni ardenti serbava ancora il ricordo vivissimo. Si confusero tra la folla.

Il loro breve rapporto non poteva che concludersi al termine di quell'esperienza. Poco dopo, infatti, Alice lo lasciò. Andò a vivere in Svizzera con un uomo molto ricco, gli dissero. Un banchiere. Banchiere o bancario? Banchiere, banchiere... Questo gli tolse ogni speranza. Forse, Conrad non n'era innamorato, ma neppure aveva scartato l'idea che un giorno potesse esserlo. Serviva del tempo.

Alice non lo salutò, neppure con una lettera: un po' di melodramma non si nega a nessuno. Fu l'offesa che lo ferì maggiormente.

«Rifletti,» suggerì Wolf Biermann «non è una decisione sbagliata. Un uomo con tali possibilità può offrirle tutto ciò che le serve. Per prima cosa, proteggerla da se stessa. Voi due, invece, sareste rotolati nel baratro delle vostre vite. Fai scelte più oculate, la fortuna non ti soccorrerà sempre. A meno che tu non preferisca dedicarti alla parapsicologia e alla lettura delle carte. Te lo sconsiglio, però, non sembri avere il dono della preveggenza. Finiresti per domandare l'elemosina o ridurti come quel tale...»

«Chi?»

«Ma sì, l'attore... Ora, mi sfugge il nome.»

«Marlon Brando?»

«No. Quell'altro, il *cowboy* metropolitano...»

«Intendi dire, John Voigt, "l'uomo da marciapiede"?»

«Ecco!»

Perché Wolf Biermann non imparava a farsi gli affari propri?

Conrad Schumann decise di acquistare un televisore a colori, non che prima l'avesse in bianco e nero, non l'aveva proprio. Gli chiedevano tutti come facesse a vivere senza, ma lui sapeva perfettamente che poi avrebbe diretto l'antenna verso est e si sarebbe sintonizzato con la *Fernsehturm*, il grande occhio della DDR. Nondimeno, si decise. Usò come scusa i la XX olimpiade, che si sarebbe svolta a Monaco di Baviera. Purtroppo, non fecero neppure in tempo a consegnargliela che Wolf Biermann si precipitò a casa sua.

«Sentito? Morti tutti, l'hanno annunciato ora. Ho ascoltato la notizia alla radio, mentre ero in auto.»

Morti tutti. Ecco perché avevano tardato a consegnargli l'apparecchio. Conrad era vissuto nell'illusione che il tempo non fosse più lo stesso e lui fosse restato un passo indietro, a una certa distanza, sollevato dall'inquietudine e da qualunque complicità morale, opinione approssimativa, giudizio affrettato. Dove non fosse più la pagina fresca di stampa, ma un vecchio documento sgualcito, buono per avvolgere il sedano e l'insalata.

Invece, Settembre Nero aveva soppresso gli ostaggi. Sarebbe stato più onesto se la Germania avesse rinunciato a occultare la propria indole in un modo tanto pacchiano. L'assalto all'aeroporto riportava l'eco dei rumori rimossi con le macerie del Reich, come se una a vecchia strega fossero saltati i punti del lifting, che l'avevano resa passabile allo sguardo, a causa di un colpo di tosse. Era doloroso da ammettere, ma, per quanto paradossale apparisse, la sicurezza interna era la prerogativa delle dittature. Nella DDR non sarebbe accaduto nulla di simile, lassù le valchirie erano rimaste tali, il medagliere lo testimoniava come i loro corpi virilizzati.

Il Reich aveva preteso di cancellare ogni residuo di miseria sopravvissuto al secolo passato, lungo l'arco semicircolare. I bolscevichi non si decidevano a concludere la necessaria sterilizzazione del continente e le città brulicavano di miserabili. Era stato necessario procedere alla bonifica, come si sarebbe dovuto fare con una palude infestata dalla malaria. Eppure, quel pullulare di gente, quell'affaccendarsi alla ricerca di cibo e stracci sapeva di vita, così era sempre stato nei villaggi e sotto le mura delle grandi città. La miseria era un male necessario, il digradare della civiltà umana verso il regno animale, lo strato metabolico, dove anche i rifiuti avevano un senso, la palude che tutto assorbiva, selezionava e trasformava, l'equilibrio perfetto tra la vita e la morte.

Un giorno, però, erano giunti i coloni, preceduti dagli eserciti di occupazione e dagli *Einsatzgruppen*. Poi le truppe si erano ritirate e avevano lasciato comunità agricole armate fino ai denti, tracciate linee nette di confine, deviati i corsi d'acqua, prosciugate intere regioni. Chi fino ad allora era sopravvissuto in simbiosi con il deserto era stato respinto, scacciato, condannato a subire lo sconvolgimento del paesaggio spirituale, giacché d'altro non poteva essere spogliato. Loro avevano pagato il prezzo del risarcimento, non già i persecutori che ora organizzavano i Giochi della Riconciliazione. L'opinione pubblica non si sarebbe mai schierata a loro favore, quando per secoli non avevano saputo bonificare un lembo di sabbia e adesso si ribellavano davanti all'avanzare degli aranceti.

L'odio antisionista deflagrava contro i cittadini israeliani, com'era stato l'antisemitismo contro i cittadini europei di origine ebraica, ma non era una crociata né l'ira di nessun dio, né la ricerca del *Lebensraum*, era il frutto del profitto mascherato da progresso che, ormai incapace di sfruttare i derelitti, semplicemente li scacciava, ne faceva dei guerriglieri, dei martiri che, negata loro la sopravvivenza in terra, ricercavano la salvezza tra le righe dei testi che incitavano al *jihād*.

I cadaveri degli atleti distesi sul suolo tedesco ammonivano che il nazismo, in ogni veste si presentasse, era più che mai vivo, si era solo spostato altrove, anche se, forse per l'ultima volta nella sua storia, aveva rivendicato le proprie origini.

Alice, la bella sensitiva, fu presto ripudiata dall'Unione delle Banche Svizzere e rimpatriata con un foglio di via alquanto disonorevole. Tornò a Berlino e trovò lavoro al Mante Magique grazie a Madame Nhu, che se ne prese cura. A Conrad sembrava sempre la stessa, sebbene si fosse fatta oltremodo noiosa, ossessionata dai riccioli adiposi ai fianchi, dal seno pendulo e dai glutei debordanti. Non accettava più nulla di sé. Lui la trovava ancora attraente. Faceva ciò che poteva per consolarla. Le assicurava che, alla sua età, era opportuno mantenersi un po' più pieni, perché non ci si sarebbe rassodati mai più. L'unico risultato di sottoporsi a diete estreme sarebbe stato il deperimento e la formazione di lembi di pelle vuoti e cascanti come le tasche di un poveraccio. Era questo ciò che voleva? Lei lo fulminava con gli occhi e gli ingiungeva di andarsene. Conrad se ne andava. Che altro poteva fare di fronte all'irragionevolezza della sua ex amante?

Altre volte si scioglieva in un pianto sommesso, finché si

convinceva che le sue erano parole sensate. Allora lo cingeva e insisteva per sapere a chi la paragonasse. A chi? A chi? Insisteva. Lui rovistava febbrilmente nella cinematografia americana. Anne Bancroft! Bella stagionata… Quando era più giovane!

Eppure, Conrad comprendeva il suo cruccio, perché, pensandoci bene, se si escludono la patologia psichiatrica e gli stati di grazia, gli esseri umani dispongono di una quota di sensibilità, limitata dalla gioia e dal dolore che scatenano nei loro simili. Così venne il giorno che gli annunciò di essere tornata a innamorarsi di lui. In realtà, non aveva mai smesso di amarlo, disse a occhi socchiusi. Una fattura l'aveva allontanata da lui. Un sortilegio. Ora, però, sarebbe stata la compagna perfetta della sua vita. E non si sbagliava, dal momento che la vita di Conrad Schumann era un lento, inesorabile precipitare dentro se stesso, nella voragine in cui era balzato più di dieci anni prima. Conrad glielo confessò senza mezzi termini. Poi la guardò. Pensò che lo maledicesse, invece si sciolse in un pianto palesemente falso.

10. Freie Deutsche Jugend

Ai tempi della sua gioventù, in Sassonia, il suo amico Andreas Kutschke viveva nella fattoria di famiglia, in una grande casa dal tetto di paglia, nella campagna tutta colline intorno a Döbeln proprio accanto ai pascoli dove Conrad Schumann governava le sue greggi. Era più vecchio di lui di almeno dieci anni e ricordava con chiarezza i tempi della guerra. Quando Conrad partì per l'addestramento, lui aveva già lasciato il *Servizio d'onore* per lavorare nell'azienda di suo padre. Poi lo Stato ne dispose la collettivizzazione e altrettanto fece con le greggi del vecchio Schumann. Il padre di Conrad si rassegnò presto. Se l'aspettava. Invece non ci fu verso di piegare *Papi* Kutschke alla nuova disposizione. Fece il diavolo a quattro, minacciò di incendiare la fattoria. Finì in carcere per un anno, in compagnia dei nazisti che avevano governato la città e attendevano il loro destino. Infine, lo rilasciarono, ma senza mai perderlo di vista.

Alcune settimane dopo, gli attivisti del partito tappezzarono i paraggi di manifesti che annunciavano di avere scoperto le intenzioni dei capitalisti tedeschi federali, guerrafondai al servizio degli Stati Uniti, e mettevano in guardia il popolo dal pericolo di una guerra nucleare. Il comunicato precisava di fare appello alle coscienze. Stessero in guardia! Da che? Dalla guerra nucleare… Che idioti! Come poteva opporsi lui, semplice contadino, a una guerra nucleare? Strepitava il vecchio Kutschke. Ora che avevano collettivizzato la sua azienda, che avrebbe avuto più da perdere? Infuriato, strappò più manifesti che poté, tanto gli apparvero falsi. Qualcuno lo vide e lo denunciò. Si fece un altro anno di carcere, in compagnia dei nazisti che avevano governato la città e ancora attendevano il loro destino.

Il partito rimpiazzò i manifesti.

«Il compagno Kutschke non ha coscienza. Egli vuole la guerra nucleare. Compagni, state in guardia! Non permetteremo che lo Stato operaio e contadino venga minacciato. La nostra strada condurrà al socialismo. Compagno Kutschke, non fermerai la storia! Tutte le strade del nostro secolo portano al socialismo...»

Andreas leggeva avidamente *I ragazzi di Via Pal*, lo leggeva anche al giovane Conrad, che lo ascoltava incantato. Desiderava renderlo protagonista della rivolta contro ogni forma di soperchieria sociale e politica.

«Noi da che parte stiamo?» gli chiedeva quel testone di Conrad.

«Ma con i ragazzi di via Pal! Come i patrioti ungheresi nel 1953.»

«Contro le camicie rosse...»

«Contro.»

«Contro i Pionieri?»

«Contro.»

«Contro la Libera gioventù tedesca?»

«Contro!» agitava il braccio.

Conrad ne parlò in famiglia. Quelli sgranarono gli occhi e si guardarono tra loro. Intimarono prudenza. Qualcosa, però, dovettero lasciarsi sfuggire, perché Andreas fu arrestato e si fece un anno di carcere, accusato di propaganda controrivoluzionaria, in compagnia dei nazisti. Infine, lo liberarono. Il libro gli fu sequestrato, ma poco importava perché lui l'aveva imparato a memoria.

Lui e Conrad camminavano per la campagna, giungevano fino a Döbeln e percorrevano le nuove vie, osservavano i nuovi palazzi, cubi prefabbricati di calcestruzzo dalle finestre quadrate. Andreas sputava per terra.

«Guarda come l'hanno sconciata» si doleva. «Prima non era così, ora somiglia a una periferia russa. Vedrai... Seppelliranno anche la mia azienda sotto un palazzo, poi andranno sbandierando di averlo costruito per il proletariato. Chiedi a tuo padre! Chiedigli chi divora le sue pecore, adesso.»

«Be', mio padre non è poi così scontento.»

«Che cosa intendi dire?»

«Lavora meno di prima e guadagna di più.»

«E come fa?»

«Ha meno pecore da allevare, ma le vende a un prezzo più che raddoppiato.»

«Ma il prezzo della carne è lo stesso di prima...»

«Appunto.»

«E allora chi ci perde?»

«Quelli che gliele comprano.»

«Sarebbe a dire, lo Stato. Noi tutti!»

L'altro lo guardava con un'espressione ottusa. Era ancora un ragazzino, Conrad. Che cosa ne sapeva di economia?

«Sai una cosa, amico? Questo posto non mi piace più. Mi sento spaesato. Tu no? È lo spaesamento il presupposto del socialismo!»

Conrad non capiva nulla di ciò che sosteneva Andreas, però gli sembravano argomenti pericolosi perché sussurrava le frasi sibilando, con livore, certo, ma sottovoce. E quei bisbigli penetravano nel suo cervello e vagavano indecifrati, sedimentavano nella nebbia dell'età.

Quel poco che restava loro intorno e a cui Andreas sosteneva di appartenere erano le rovine non ancora rimosse del conflitto. La Germania n'era disseminata, un po' perché c'era altro da fare prima di ripulire, un po' per il valore catartico del ricordo. Andreas riconosceva in quei ruderi le forme che avevano in passato. Case, fattorie, fabbriche, caserme... Sì, anche le caserme!

«*Vor der Kaserne, vor dem großen Tor,*
Stand eine Laterne, und steht sie noch davor...»

Che gli passava per la testa? Non era quello il modo di reagire, non con una contrapposizione becera all'attuale stato delle cose! L'avrebbero accusato anche di nazionalsocialismo, mentre era stato il suo vecchio a portarlo lassù dalla Repubblica federale, da Stoccarda. Come Wolf Biermann, un altro a cui avevano chiuso la bocca. Loro ci avevano creduto. Avevano finalmente trovato un luogo dove sentirsi tedeschi e socialisti. Se suo padre l'avesse sentito cantare quella roba, anche nella furia causata dalla collettivizzazione e nello sdegno per essere stato imprigionato, ne avrebbe fatto una malattia. Lui sì che l'aveva cantata! In Africa. Quando voleva ascoltare una melodia di casa. Sempre a bassa voce, però, per non svegliare i *Tommies*. Ma la cantavano tutti, anche i *Tommies*. Poteva essere chiunque, per questo non sparavano.

«Se non dimenticherai chi sei, di qua o di là cambia poco» gli spiegava Andreas, come se parlasse a un adulto. «È una banale questione di orpelli e cianfrusaglia che tenteranno insistentemente di far passare per necessari. Di là sostengono che consumare serva a sostenere l'economia, di qua è l'ideologia che va alimentata. E giù slogan e réclame a martello! Ma tu impedisci che ti entrino in testa, fa che siano i coglioni il loro bersaglio, così non perderai di vista il reale valore delle cose.»

Un giorno, in occasione della cresima socialista, la sezione locale della *Freie Deutsche Jugend* organizzò, presso la vecchia scuola, uno spettacolo per famiglie. Sul palco avevano collocato una statua in legno raffigurante il signor Ulbricht, molto somigliante, animata da un congegno meccanico. Si erano serviti di una controfigura perché il presidente non aveva il dono dell'ubiquità. Non era esatto. L'aveva quel dono, ma non sarebbe riuscito a presenziare alle cresime di tutta la DDR. La statua avrebbe interrogato i Pionieri mentre si avvicendavano per il giuramento alla patria socialista. Il tendaggio nascondeva il loro capogruppo che prestava la voce. I Pionieri avrebbero risposto con la formula del decalogo.

Sullo sfondo del salone scolastico campeggiava la bandiera

della DDR, intrecciata a quella dell'Unione Sovietica. Le famiglie si assiepavano entusiaste.

Entrò il primo giovane pioniere con fazzoletto blu al collo. La statua ruotò i globi oculari e mosse la mandibola.

«Che cosa devi amare per essere un giovane pioniere?»

Il piccolo rispose: «Il giovane pioniere ama la Repubblica Democratica Tedesca, i genitori e la pace!» rispose ad alta voce.

La statua tese il suo arto meccanico, il piccolo le strinse la mano e uscì tra gli applausi. Herr Ulbricht espresse il proprio compiacimento levando in alto la mano.

«Un giovane socialista, futuro membro della Libera gioventù tedesca!»

Ovazione.

Toccò al secondo giovane pioniere. Il meccanismo rimise in moto la mandibola del signor Ulbricht.

«Di chi sono amici i giovani pionieri?»

«I giovani pionieri sono amici dei bambini dell'Unione Sovietica e di tutti i Paesi.»

Benedizione meccanica, applausi scroscianti.

Venne il turno dei pionieri di Ernst Thälmann.

«Pioniere, chi è il vostro modello?»

«Il nostro modello è il compagno Ernst Thälmann, eroe della pace e del socialismo.»

Tripudio e benedizione.

Ma poi, al posto del primo cresimando della Libera Gioventù, apparve Andreas Kutschke, in camicia blu e bracciale della FDJ, sfoderando un sorriso estatico. Fu troppo tardi per rimediare, le personalità intervenute da Dresda non lo conoscevano, i rappresentanti locali sperarono in un suo tardivo ravvedimento. Non posero domande, ma fecero tendere la mano alla statua per fare in fretta. Andreas l'afferrò e la tenne stretta. Il meccanismo non riuscì a ritirarla, per quanti sforzi compisse il congegno meccanico. Così rimasero congiunti, mentre lui dava l'annuncio che avrebbe cantato alcune strofe di una ballata del più grande poeta vivente nella Repubblica democratica, un eroe del socialismo: Wolf Biermann.

Sbiancarono tutti, anche i dirigenti giunti da Dresda.

«*Berlin, du deutsche deutsche Frau,*
Ich bin dein Hochzeitsfreier...»

Nella sala calò il silenzio, rotto dallo stridere degli ingranaggi e catene del meccanismo, impegnato nello sforzo di ritirare la mano. Andreas Kutschke, però, non lasciava la presa. Il congegno tirava da un lato, lui resisteva dall'altro. Resistette finché la statua oscillò, oscillò e cadde ai suoi piedi, producendo un tonfo assordante sull'assito del palco. La mano di Herr Ulbricht rimase nella sua mentre la mandibola, con tanto di barbetta, volò tra il pubblico, che la scansò schifato, come se il presidente, quello autentico, avesse sputato la dentiera contro di loro. Emisero un mormorio grave, seguito da un sibilo trattenuto, che, in ultimo, sfociò in una risata irrefrenabile. I dirigenti lasciarono la sala indignati. Poco dopo giunsero le guardie della *Volkspolizei*.

Dinanzi alla corte, Andreas si difese affermando di avere dato alle autorità l'occasione per fare autocritica. Se il popolo si fosse indignato per l'accaduto, sostenne, avrebbe dimostrato di essere d'accordo con la linea politica del partito. Ridendone, invece, aveva espresso compiacimento per l'accaduto e quindi aveva manifestato democraticamente il proprio dissenso, che dovrebbe indurre le autorità a riflettere sui propri errori. Ovviamente, l'artista, cioè lui stesso, non era che uno strumento, un interprete del sentimento popolare e, come tale, non punibile. Altrimenti, alla sbarra, sarebbe dovuto comparire anche il compagno presidente che si era prestato, cadendo ai suoi piedi.

Gli anni che dovette trascorrere a fianco dei nazisti furono quattro, due dei quali condonati. L'esperienza, però, lo segnò profondamente.

Dopo la scarcerazione, si aggirava per le campagne intorno a Döbeln sproloquiando sull'inutilità della riunificazione tra le due Germanie. Ormai il Paese era entrato nell'era Honecker.

«Ma no, ma no...» interrompeva chiunque ancora sognasse una Germania unita. «Ognuno si affeziona al proprio serraglio. Prendete me come esempio, non sarei mai uscito di galera. Sapete perché? Perché sia io sia i criminali con cui ero rinchiuso avremmo costituito una nuova Germania. La terza. I muri non mancavano. Saremmo passati dalla rivolta all'autogestione, alla federazione tra le celle. Pensate, una Germania carceraria federale, circondata dalla Repubblica democratica, a sua volta compresa nella Repubblica federale. Una matrioska! Di questo passo non l'avremmo finita più... Che cosa vi stavo dicendo? Ah, sì... abbiamo finalmente capito, anche senza la tiritera della propaganda, che siamo noi i migliori di tutti. Noi tedeschi. Da queste parti spunterebbe qualunque cosa si seminasse. Noi siamo il terreno fertile per far crescere nazismo, socialismo, socialdemocrazia, capitalismo. La storia si può tirare dai piedi o dalla testa. La si può prendere anche per il culo, la storia! Avete notato? Ulbricht mi ha cacciato dentro e Honecker mi ha tirato fuori. Condonati due anni! Quest'altro è uomo a cui conviene dar retta, uno che il bicchiere lo vede mezzo pieno. E non è detto che per questo sia un ottimista. Macché! Mezzo pieno, mezzo vuoto... Che cosa cambia?»

Povero Andreas! L'avevano ridotto proprio male. E lui, Conrad Schumann, l'unico amico che gli dava retta, se l'era battuta come un topo che schizza fuori da un angolo e s'infila nel primo tombino disponibile.

Ma il peggio doveva ancora venire. Anni dopo, gli indecenti strateghi dalla memoria di ferro decisero di fagliela pagare una volta per sempre. Era pur vero che se ne andava in giro cantando a squarciagola le ballate di Wolf Biermann, ma era diventato matto.

Insomma, inserirono nella collettivizzazione anche l'orto

che *Papi* Kutschke aveva conservato per sé, a metà collina, e che coltivava con grande passione, oltre l'orario lavorativo. Decisero che avrebbe fatto parte di una monocultura necessaria a fornire patate a venti famiglie per un quinquennio. Patate... Il vecchio Kutschke si sarebbe infuriato. Ce n'erano già di patate da buttare ai porci! Avrebbe tuonato se non fosse da poco salito nel paradiso socialista.

Il campo venne giù come una frana, con le sue truppe vegetali allineate e rigogliose, mentre la fattoria era da tempo sepolta sotto un palazzo proletario e una spianata bituminosa idrorepellente che gli faceva da contorno. Fatto strano, le pozzanghere non erano sparite, ma il passato era stato cancellato. Questo importava: il socialismo reale!

Andreas Kutschke sprofondò nella depressione, quella vera, non le manfrine della presunta follia che simulava, gironzolando per la campagna intorno a Döbeln, cantando a squarciagola e dileggiando gli attivisti della Libera gioventù tedesca. *Mami* Kutschke pregava il dottore di scoprire che cosa gli passasse per la mente. Quello taceva, la guardava e scuoteva il capo. *Mami* Kutschke, però, non si rassegnava, lo pregava di parlargli, di convincerlo che... Che un orto è un orto? Era la sua mente che era andata in pezzi, come uno specchio. Inutile tentare di rimettere insieme i pezzi, non erano patate.

Andreas Kutschke si distese sul divano e si mise a guardare la televisione. Dormiva e guardava i programmi della DFF. Sua madre si convinse che cercasse di conservare in sogno le immagini televisive e di risvegliarsi con loro. Forse lo rassicuravano.

Che Andreas Kutschke avesse esaurito la voglia di vivere era un fatto inequivocabile ma, finché si muoveva nel sonno, mangiava un boccone e beveva un sorso d'acqua, sollevava i suoi familiari dall'irrealtà di tale evidenza e li conservava nella certezza che, un giorno – un mattino, per essere esatti – si sarebbe alzato, sbarbato e uscito all'aria aperta, rinfrancato da una nuova prospettiva. Guarito.

E così fece. Si alzò, si sbarbò e uscì all'aria aperta, di primo mattino, proprio come avevano previsto loro che se ne stavano attoniti, accanto ad Andreas, penzolante da una trave. Tra i suoi piedi e il suolo non c'erano che pochi centimetri: un'esitazione gli avrebbe permesso, all'ultimo istante, di allungare le punte.

Se ne stavano andando tutti, gli amici di Conrad Schumann. Strano posto la DDR, delicatissimo! Un ecosistema di eccezionale fragilità. E dire che, dall'altra parte del muro, sembravano invulnerabili. Veri prussiani.

11. Il Segretario di Stato

Gran brutta abitudine berlinese, sostare sempre sotto casa sua a baciarsi! Non avevano altri posti dove andare? Parlottavano per alcuni minuti e poi si appiccicavano. E se non fosse un caso? Forse, non lo era. Anzi, non lo era proprio! Si trattava di coppie adulte: che necessità avevano di indugiare così a lungo nei preliminari? Quando una coppia adulta va a temperatura, cerca il primo luogo appartato disponibile. Un motel, un alberghetto, l'auto. Uno qualunque, purché offra una superficie morbida, un po' di tepore e un tetto. E se non è chiedere troppo, una doccia. Ma quelli non la finivano mai, insospettivano. Lui li spiava oltre le tende delle finestre affacciate alla strada. Ma quale *voyeur*... Era preoccupato! No, non dal fatto che si baciassero, ma che lo facessero sempre sotto casa sua, come gatti in amore. Fortuna non emettevano quei versacci laceranti altrimenti ne avrebbe spento i bollori con una secchiata d'acqua gelata. Ma se non si trattava di bollori? Già, perché quando due si baciano, solitamente chiudono gli occhi, rapiti dalla passione, succede anche quando fa caldo e ti ciucci un gelato. Quelli, invece, li tenevano spalancati. Sembrava un lungo addio, come prima di lasciarsi per sempre. Lui li spiava e intanto tracannava cognac, curandosi che il cristallo del bicchiere non riflettesse la luce dei lampioni. Cristallo, certo! Il suicidio va servito con i guanti bianchi. L'effetto del cognac non si avvertiva al momento di addormentarsi, morire, sognare forse, ma al risveglio, l'indomani mattina, con la testa pesante, la nausea, la sete e l'umore sotto le scarpe... Uno straccio a cui la vita non sorrideva più nonostante il cinguettare di milioni di uccelli, il cicaleccio dei turisti e lo strimpellatore di strada, all'angolo della via, che cantava: «*Butterfly, my butterfly, jeder Tag mit dir war schön. Butterfly, my butterfly, wann werd ich dich wiedersehn?*».

Chissà che anche loro appartenessero alla Sicurezza di Stato? Conrad Schumann era certo che, ormai, sapessero di essere stati scoperti. Sicuramente avevano notato lo scintillio del cristallo, oltre le sue tende, avranno pensato alla brace della sigaretta. Ma, finché gliel'ordinavano… Lo scopo era di ricordargli che il partito non dimenticava nulla.

E poi c'erano le telefonate. Telefonate anonime. L'apparecchio squillava, Conrad rispondeva, ma, dall'altra parte, silenzio! Non riagganciavano, tacevano. Lui era un uomo educato, non lanciava invettive, nemmeno quando lo svegliavano in piena notte. Taceva anche lui, aspettava, non erano telefonate a carico del destinatario. Aspettava una minaccia del tipo: «Conrad Schumann, finirai anche tu infilzato su un palo». Invece no, silenzio. Il molestatore riagganciava.

E le lettere? Ne riceveva spesso, l'intestazione di una ditta qualunque. Strappava la busta, ma dentro non c'era nulla, nemmeno un biglietto con scritto: «Conrad Schumann, i tuoi vecchi sono ancora qui con noi».

Lo avvisavano che in qualunque luogo decidesse di stabilirsi loro l'avrebbero saputo, sarebbero stati là ad attenderlo, prima ancora che lui decidesse dove. Possibile? *Butterfly, my butterfly, wann werd ich dich wiedersehn?*

Opportuno informare il signor Smiley. Aveva ancora il recapito? Sì, l'aveva. Ora, però, era in pensione, in un luogo chiamato Steeple Aston, al riparo dalle intemperie, in una campagna sterminata, tra muretti ammantati di licheni, cottage, greggi, mandrie di buoi color caffelatte, campi di cricket… Purtroppo, era uscito di scena. Chissà quanto definitivamente? Il signor Smiley conservava troppi segreti per permettersi di farlo. Più di un politico, più di un ministro. I ministri passavano, lui rimaneva in gioco. Impossibile che negasse una consulenza, risparmiasse un consiglio. Troppo alto il senso dello Stato negli uomini di tal rango, purché non fossero delle spie, dei doppiogiochisti. Un po' dovevano pure esserlo, loro che non erano veri e propri soldati e non operavano secondo la logica dello scontro. Preferivano scendere a compromessi, anche con se stessi. Ma come fare a saperlo? Chi spia le spie?

Non mollavano la presa. Le tortore cambiavano ogni notte, facevano turni sempre più massacranti, piovesse o nevicasse, gelasse o salisse l'afa estiva. Facevano tenerezza per via dell'abnegazione con la quale svolgevano il loro compito, commovente la loro fede nel socialismo. Sarebbero finiti nauseati da quelle effusioni interminabili, che voglia sarebbe rimasta per baciare i loro innamorati, quelli veri, che li attendevano oltre l'*Antifaschistischer Schutzwall*?

Una notte di grande freddo, Conrad s'intenerì. Era da poco trascorso capodanno. Tirava vento, che spingeva avanti nevischio da est. L'acqua gelava nelle fontane. I due di turno non sembravano più giovani, erano addirittura più vecchi della Repubblica Democratica. Esperti, certo. Ma vuoi mettere la crudeltà di mandare due così a tenerlo d'occhio? Non resistette. Conrad Schumann sarà pure stato un revisionista, un controrivoluzionario, un infame, ma conosceva la misericordia. Era un brav'uomo, dopotutto. Scese di sotto con un bottiglia di cognac Napoleon a offrire loro un goccetto per riscaldarsi. Portò con sé anche dei biscotti alla cannella e cioccolatini al rum che gli erano rimasti da Natale.

Come lo videro, trasalirono e si disgiunsero. Si guardarono intorno. Lei nascose il volto contro il suo petto. Lui, invece, sbarrò gli occhi e fissò indignato Conrad Schumann. Ma quale *voyeur*... Desiderava offrire loro qualcosa per riscaldarsi! In un tedesco corretto, ma dalla pronuncia artefatta, l'uomo gli disse che avrebbe confidato nella sua discrezione. Conrad non capì.

«La mia discrezione?»

«La vostra, sicuro. Ci siete solo voi qui...»

«Io abito qui.»

«Che differenza farebbe?»

«Mi state dicendo che non lo sapevate?»

«Sapevamo che cosa?»

«Che abito qui.»

«Io non vi conosco…»

«Ma… Ma voi siete il signor Kissinger e la signora non mi sembra vostra moglie. Vostra moglie è più alta, molto di più.»

«Sst… Abbassate la voce! Leviamoci dalla luce.»

Uscirono dal cono luminoso del lampione.

«Ecco… Vogliamo farne una questione di prezzo?»

«Mi offendete, signor Segretario. Vi ho notati preda di questo tempaccio e mi sono preoccupato per la vostra salute. La signora, forse, preferisce un bonbon al liquore?»

La donna si voltò sorridente.

«Voi…» Conrad Schumann riconobbe Madame Nhu.

«Mi conoscete?» lo spinse indietro per le spalle. «Ma… Conrad! Sempre tra i piedi, mi seguite, per caso?»

«Che cosa dite? Ascoltate… Meglio allontanarsi, prima che spunti qualcuno del *Staatssicherheitsdienst* e sorprenda qui Sua Eccellenza.»

«Per quale ragione la *Staatssicherheitsdienst* dovrebbe venire proprio qui?»

«Temo che spiino ogni mia mossa.»

«Chi sareste di così importante?»

«Lui è Herr Schumann, quello che ha buttato l'arma e se l'è battuta dalla DDR.»

«Ricordo. Se ora vorreste offrirmi il cognac, gradirei. Ah… Napoleon! Siete un uomo che sa vivere.»

«Veramente, mi sta ammazzando…»

«Sentite. Provo un certo languorino. Conoscereste un posticino tranquillo dove consumare un pasto frugale, lontani da sguardi indiscreti, ehm… Stuzzicante? Voi sarete mio ospite, è inteso.»

«Ci sarebbe il Mante Magique.»

«Ma è pieno di spioni.»

«Che ci vanno a farsi gli affari loro.»

«Se lo dite voi, Madame... Usiamo la mia Volkswagen, daremo meno nell'occhio. È quella...»
«Siete sicuro che parta?»
«Parte, parte.»

Il cameriere scivolava tra i tavoli, sembrava danzare, piroettava qua e là sorreggendo i piatti sopra le spalle e deponendoli con grazia sui tavoli. Come li vide, si fece loro incontro, sbatté le ciglia e atteggiò le labbra a cuoricino. Chiese se desiderassero un tavolo.

«Bambola, mi hai letto nel pensiero» e gli infilò alcune banconote in tasca.

Sedettero. Harry si compiacque con loro dell'ottima scelta. Osservò il locale e ne rimase affascinato. Si sarebbe detto a suo agio sennonché, dopo un po', sembrò incupirsi. Conrad Schumann notò il nervosismo di Sua Eccellenza, una sorta di malcelata agitazione che lo spingeva a voltarsi intorno, sorridere a chiunque e gonfiare il petto. Molti abbassavano lo sguardo, altri si chiedevano che accidenti volesse quel pallone gonfiato. Altri ancora si convinsero che fosse un tedesco emigrato negli Stati Uniti in epoche felici e che avesse fatto denaro a palate e, assai inurbanamente, scuotevano il capo e scambiavano tra loro un proverbio invalso a Berlino, riservato a tipi simili, i quali, nonostante la cospicua fortuna accumulata all'estero, tornavano ai loro luoghi deculturati come ai tempi dell'espatrio. Il motteggio recitava che costoro fossero partiti in un canestro, per tornare in una gerla. E non c'era nulla di più odioso d'essere apostrofati in quel modo, dopo anni di fatiche, privazioni e nostalgia. Conrad informò il Segretario di Stato, il quale si irrigidì e lanciò occhiate colme di sdegno. Questo pensavano di lui, di Henry Kissinger? Conrad Schumann gli suggerì di non farci caso, perché sicuramente non l'avevano riconosciuto a causa del fenomeno noto come invisibilità dell'evidenza. Tuttavia, che usasse prudenza, era un locale assai riservato, ma pullulava di informatori e di spie. Meglio non farsi notare. Harry annuì e si ricompose.

«Vorremmo cenare» disse Harry al cameriere. «Che ci consigli?»

«Polpette al sugo, signore, un piatto ebraico. Molto gustoso. Desiderate un aperitivo?»

«Tom Collins» ordinò Madame.

Madame Nhu pretese che davanti a sé il cameriere ne schierasse una decina, poi li vuotò a uno a uno, non prima di averli processati e condannati a morte. Conrad Schumann avvertiva un certo disagio, Harry invece se la spassava.

Andò meglio quando perse i sensi e giacque riversa sul tavolo. Loro consumarono molta carne. Harry la divorò avidamente. La sua camicia ricordava il petto di Jean-Paul Marat nella vasca. Infine, pretese di ballare. Si alzò, afferrò la prima squinzia che gli capitò per le mani, la cinse e si avvitarono in una rumba.

«Tesoro...» rinvenne Madame «vuoi sapere la verità? Chi sostiene che questa gente se ne vada in un canestro per tornare dentro una gerla non ha tutti i torti» asserì e crollò il capo.

Harry tornò al tavolo poco dopo, ansimante e sudato.

«Bambola...» attirò l'attenzione del cameriere «gradirei un dessert, che cosa consigli?»

«Krapfen, Eccellenza.»

«Mi hai riconosciuto...»

«Impossibile confondervi.»

«Che resti tra noi, però» sussurrò e gli infilò altre banconote nel taschino. «Portane un vassoio colmo, te ne sarò grato.»

Nulla da dire, era un principe della diplomazia.

Tra un boccone e l'altro, Harry Kissinger gli parlò di sé.

«Amico mio,» disse «la mia vita è tutta un decollare e atterrare, atterrare e decollare, senza posa. Un'orbita sussultante, un'esistenza destinata a rovinare la digestione, far salire la pressione del sangue, esaurire il sistema nervoso. Ormai, non distinguo più le albe dai tramonti, i giorni dalle notti. Atterro che è già l'indomani, torno al giorno precedente solo per consultare gli appunti che ho dimenticato nella giacca. Quale? Quella elegante, sfoggiata al ricevimento dato dalla giunta cilena, oppure quella di mezza stagione, indossata a Roma? Mi perdo tra i fusi orari, precipito lungo i paralleli, finiscono per mancarmi giorni, notti, intere settimane, allora cerco il taccuino, ma il taccuino non c'è perché l'ho lasciato nell'altra giacca. Quale? Quella pesante, di tartan, che ho indossato a Mosca oppure quella leggera di lino, adatta al clima soffocante di Saigon? Spesso confondo le lingue, le usanze, ordino cibi sconosciuti. Ceno tre volte, la stessa sera. Prima a Pechino, poi a Delhi e infine a casa mia. Pago il conto in dinari, mi alzo da tavola e m'inchino, giuro che consiglierò quel locale delizioso agli amici. Mia moglie ormai non ci fa più caso. "Seguitemi, signor Segretario," mi dice "riposatevi un po'". "Nel vostro letto, madame?" "Se avete piacere, naturalmente." Così mi corico e mi addormento all'istante. Lei teme che, dopo una simile quantità di cibo, mi agiti tutta notte, emetta miasmi soffocanti, la coscienza prenda a tormentarmi e mi svegli sudato, in preda al rimorso. Invece no. Dimentico tutto, digerisco tutto e, l'indomani, mi desto riposato e sereno. A un uomo come me non possono mancare gli amici. Basta evocarmi e io compaio, atterro, per essere esatti. Sono io l'ultima speranza di ogni popolo che perde la pace. Dopo di me, soltanto stormi di bombardieri.»

Dopo avere ingollato numerosi bourbon, passò alle confidenze. Gli rivelò che il presidente Nixon era un uomo estremamente fragile, torturato dall'invidia, incalzato dal sospetto e con una pessima opinione di se stesso. Aveva bisogno di continue conferme e approvazioni. Non aveva amici, non ne aveva mai avuti. Viveva ritirato, riceveva pochissima gente. Non era esattamente ciò che l'elettorato americano si aspettava dal Presidente. Nemmeno un politico. Purtroppo, era capitato alla Casa Bianca nel momento peggiore della storia degli Stati Uniti. Aveva provato con ogni mezzo di scollarsi di dosso il Vietnam, col risultato di estendere il conflitto alla Cambogia e al Laos, e dire che non l'aveva cominciata lui, la faccenda. Voleva soltanto chiuderla con onore, ma per farlo doveva buttare l'atomica. Non una di quelle potenti, una piccola. Harry era convinto che Nixon in lui vedesse un padre. Senza la sua guida non sarebbe arrivato alla rielezione. Gli rimboccava le coperte ogni notte, gli dava un bacetto su una guancia e lui si calmava, socchiudeva gli occhi.

«Ricordati che i deboli sono i più pericolosi, specialmente se sono sensibili all'ambizione» sussurrò con un alito che pareva sortire da una sentina. «Richard è proprio quel tipo d'uomo, debole e ambizioso. Sarebbe capace di tirarla, la bomba. Per fortuna, ha accanto uno come me» annuì.

«E proprio ora che ci siamo levati dal pisciatoio, quel nevrastenico si è cacciato nei guai. Spiare i democratici... Peggio di uno scippatore portoricano! Al suo posto io avrei fatto molto meglio, ma, ormai l'avrai capito, al timone della nave non vanno i primi della classe. Io, poi, vengo dalla Franconia, da una famiglia ebrea di umili origini. No, questa volta non se la caverà e trascinerà noi tutti nella rovina. Addirittura voleva farmi fuori dal Consiglio nazionale per la sicurezza! Ma io l'ho perdonato. Non è che un orfanello, vittima di avvenimenti più grandi di lui. Purtroppo, ha il dito sul pulsante nucleare: un orfanello rancoroso con il dito sul pulsante! Non posso lasciarlo solo...» scuoteva il suo testone.

«Certe volte mi vengono i brividi. Toglie le sicure al sistema di lancio dei missili intercontinentali e sfiora il pulsante con un dito. Poi mi ordina di versargli un whisky e un altro e un altro, finché ci vede doppio. "Ci vedo doppio, Harry!" sbraita trascinando la lingua. "Vedo due pulsanti... Quale sarà quello vero? Questo?" E lo pigia! Io non so mai se sia quello sbagliato o una messinscena. Certe cose dovrebbero saperle tutti, prima di giudicarmi con tanta severità. Anche tu, Conrad.»

Harry aveva ragione. Conrad Schumann era prevenuto, ma che poteva farci? Avevano una visione delle cose assai diversa. Lui era certo che anche Harry, durante la sua giovinezza, in Franconia, avesse nutrito i suoi stessi sogni, le speranze, ma se n'era dovuto andare alla svelta da lassù. Probabile che gli fosse spiaciuto e nutrisse qualche rimpianto. Chi meglio di Harry immaginava che, in fondo al cuore di ogni cittadino europeo, ardesse un desiderio d'emancipazione, che non sarebbe, però, mai riuscito a diffondere fuori dal suo tabernacolo, soffocato dal senso di appagamento che pervadeva l'Occidente, liberato dai totalitarismi.

«E l'Oriente?»

«Folle è chiunque tenti di forzare l'Oriente?»

La sua cometa ormai brillava nell'universo. Aveva spiccato il volo dagli Stati Uniti e ruotava, instancabile, intorno alla Terra. Per essere esatti, il volo l'aveva spiccato trent'anni prima, dalla verde Franconia, a causa delle molestie di genti meno interessate alla sua indole pacifista di quanto non lo fossero alla sua genia. Gli Stati Uniti, del resto, erano il solo Paese in grado di offrire ottime opportunità agli uomini di talento, nonché un Paese tendenzialmente disposto al perdono. Il fervore protestante riusciva a liberare dal male anche la mente più abietta, senza per questo infilzarla su un palo. Così, aveva riparato laggiù. Pensare male è fare peccato, tuttavia si poteva supporre che, se l'albero di Harry fosse cresciuto da radici teutoniche, probabilmente avrebbe consegnato un imputato in più a Norimberga e un Nobel in meno a Washington D.C.

Infine, gli disse che lui si sentiva come Hugues de Payns, difensore dell'Occidente, e che, per quante cose orribili commettesse, era la fede a sostenerlo.

«E poi, quali colpe? Quali colpe... Deliziosi questi Krapfen. Ehm... tesoro toglimi le unghie dallo scroto. Abbiamo tutta la notte per noi» disse e allontanò la mano di Madame.

«Tom Collins» ordinò Harry. «Riempine una brocca, così non ti disturberemo più» e gli infilò altre banconote nel taschino. Quello arrossì, atteggiò la bocca a cuoricino e sparì.

Si fece tardi. Madame Nhu dormiva profondamente, riversa sul tavolo. Harry sonnecchiava, di tanto in tanto apriva un occhio per sbirciare le gambe delle giovani che passavano acconto al loro tavolo in minigonna. Borbottava, tra sé, in sogno:

«L'*Ostpolitik* è un male necessario... Un boccone che dovrai mandare giù... Ehm, ehm... Deliziosi questi Krapfen... Sempre che tu venga rieletto... Il Nobel a me? Ehm... Ormai è cosa fatta... Questo è un mondo che non conosce vergogna... Buonanotte, Richard...»

Conrad Schumann scivolò fuori dal Mante Magique, abbandonò i suoi amici addormentati. Il cameriere avrebbe pensato a loro. Dopotutto, si era mostrato assai solerte ed era stato ben ricompensato. Chinò il capo e attraversò la strada: la Repubblica Democratica spediva contro di lui gli aculei gelati dal suo ventre ventoso. In un modo o in un altro, riusciva sempre a scovarlo. Eppure, se lui non se ne distaccava definitivamente, una ragione c'era a trattenerlo nella sua orbita. Strana orbita, giacché l'aveva tutt'intorno a sé.

La Volkswagen partì al primo colpo.

Sicurezza di Stato, addirittura il Segretario di Stato: la traversa di Marienfelder Chaussee cominciava ad essere troppo frequentata. Attirava l'attenzione per quanto fosse poco più di una topaia. Possibile che si accanissero con tale insistenza contro di lui? In fondo chi era mai Conrad Schumann se non un essere umano che se n'era andato senza rubare nulla, tranne la divisa della *Volkspolizei*? Ma poteva essere pure una sensazione sbagliata, ossessione, paranoia. Una cosa era certa: Berlino restava una metropoli oppressa da ogni lato da una sorta di maleficio, minacciata fin nelle viscere da una rete tessuta da un ragno che spariva in un tombino, per riemergere decine di chilometri distante, una zona tutt'altro che impenetrabile, controllata da migliaia di occhi e orecchi. Che bisogno c'era di costruire un muro per poi essere costretti a spiarsi, sarebbe stato più semplice vedersi, mescolarsi, comunicare con armi più convenzionali, come la menzogna, l'inganno, il tradimento. Non erano l'oggi o il domani a terrorizzare l'apparato, aveva ragione George Orwell, era il passato che si desiderava controllare. Se non era revisionismo, quello… La cosa migliore da fare era avvertire il signor Smiley che aveva trascorso una vita in queste faccende e n'era uscito indenne. Lui avrebbe trovato la soluzione, se ancora c'era tempo, se ancora c'era una soluzione.

12. America

Tempelhof. Il frastuono dei decolli e degli atterraggi sovrastava le voci di due piccoli uomini fermi nell'area riservata al personale militare britannico. Così apparivano dalla sfera della *Berliner Fernsehturm*. Osservati speciali! Di là sapevano che erano in attesa dell'aereo della British Airways in fase di rifornimento. Conrad Schumann sarebbe salito, convinto di allontanarsi per sempre dalla Germania. Destinazione New York.

George Smiley attese una pausa tra i decolli, non amava alzare la voce.

«Avete fatto un buon lavoro, Conrad, siete rimasto sordo alle sirene che volevano riportarvi sulle secche della vostra vita. Vi consiglio di guardare avanti, a un futuro nel quale siate l'epicentro di voi stesso, lontano da vincoli identitari e di gratitudine e, soprattutto, da programmi che non prevedano l'uomo, nella sua unicità e irripetibilità, come unico beneficiario del progresso.»

Conrad Schumann si sforzò di sorridere. Lo fece per gratitudine. Il vecchio George si era molto prodigato per lui e non certo a favore degli interessi occidentali, perché la sola cosa che ne avrebbe tratto l'Occidente era che sparisse, confondesse la sua unicità e irripetibilità nel *melting pot* newyorkese. Intanto, era venuto il momento adatto per porre al suo benefattore la domanda che aveva in animo da tempo, senza mai trovare l'occasione adatta. Attese che un 707 delle linee britanniche si allontanasse e avvicinò il viso all'orecchio di George Smiley.

«Forse lo troverete fuori luogo, ma vorrei un vostro parere, signor Smiley.»

George era un uomo che sapeva nascondere l'indifferenza, spalancò gli occhi per manifestare interesse.

«Secondo voi, è possibile sentire la mancanza di un luogo più che delle persone che lo popolano?»

George Smiley parve sollevato dal tono della domanda.

«Le persone che vivono in un luogo, sentono di appartenervi in virtù della rete di affetti che vi hanno stretto. Sono gli esseri umani ad attribuire un significato alle cose e, sebbene non sia lo stesso per tutti, vivere accanto ai propri simili fa sì che non sia troppo diverso per gli uni e per gli altri. È la condivisione dell'esperienza. Rispecchiandosi nelle stesse immagini, si finisce per somigliarsi. Gli oggetti, presi singolarmente, hanno ben poco significato se si eccettua l'uso per il quale sono stati creati.»

«Ma se questo stesso significato venisse innalzato a ideale?»

«Un muro è un muro, Conrad. Il senso che assume a Berlino Est è il medesimo da quest'altra parte, anche se siete stati voi a tirarlo su.»

Quel *voi* se l'era lasciato sfuggire maldestramente, ma il suo amico sembrava non averci fatto caso.

«Dovete ammettere, Conrad che…» il rombo di un decollo lo interruppe. «Dovete ammettere che le cose tra le quali siete cresciuto sono le stesse di sempre e, sebbene le abbiano abbattute, sgretolate, incenerite, torneranno a vivere secondo le vostre aspirazioni più profonde e i vostri gusti, consolidati nei secoli. Solo il tempo ha il potere di modificarle, ma a quello non sfugge nessuno. Ora, voi tedeschi penserete di essere stati circondati e sigillati sotto una specie di coperchio, ma non è così. Vi hanno conosciuto tutti. Gli altri vi ammiravano anche quando li sterminavate a centinaia di migliaia, quando gli altri sterminavano voi, a centinaia di migliaia. Ma per quanto capillarmente sia concepito e attuato un genocidio, non raggiugerà mai l'obbiettivo. Vi è mai capitato di calpestare un formicaio? Lì per lì siete certo di avere compiuto uno sterminio, ma, in pochi minuti, gli insetti riprendono il lavoro, scavano gallerie, mettono in salvo le uova, ricostituiscono le scorte, l'organizzazione, la gerarchia. Passano alcune ore ed è come se nulla fosse accaduto. Per questa ragione hanno calato la carta del socialismo sul vostro tavolo e, con loro grande sorpresa, si sono accorti che era quella vincente, com'è stato il nazismo, come sarebbe qualunque altro sistema sociale e politico giocato sul tavolo tedesco. Hanno trovato il laboratorio adatto all'esperimento che si chiama Germania. Pensate all'amaro che masticheranno a Mosca, immaginate il loro dispetto...» si interruppe, a causa un atterraggio. «Sapete perché accade? Proprio a causa di ciò che voi vi siete chiesto poco fa. Le cose non sono da elevare a ideale, al massimo da rendere oggetto di desiderio. La loro arte...» un altro atterraggio. «La loro iconografia ipertrofica mostra l'eterno fallimento di un popolo schiavo per vocazione, il quale non fa che magnificare gli strumenti della sua schiavitù. Sulla vostra bandiera hanno cucito un martello e un compasso e, per una volta, ci hanno azzeccato. Partite sereno, Conrad, siete e sarete sempre un tedesco. Voi, alle cose inanimate, saprete sempre dare l'importanza che meritano, ma senza mostrare troppa ammirazione.»

«Proprio così...» commentò Conrad Schumann tradendo una certa rassegnazione. «Ma si può essere ancora tedeschi, lontano della Germania?» sfilò una sigaretta.

«Amico, se desideri incendiare l'aeroporto, hai scelto il modo migliore! Sai leggere un cartello?» gli gridò un addetto appoggiato a un bidone. Conrad schiacciò la sigaretta con una scarpa.

«Ascoltate, Conrad...» gli posò una mano sulla spalla. «L'uomo viaggia su una piccola barca, solo, sulla superficie del mare. Non sa dove si stia dirigendo, tuttavia procede. Non può fare altro. Sotto di lui, le profondità marine, l'abisso: acque in perenne movimento. Sopra di lui, la vastità del cielo, l'enigma: luce in mutamento perpetuo. L'uomo non si chiede: dove vado? Si chiede: chi sono? Se sopra di me è ciò che vedo e sotto è ciò che sento, allora io sono il pensiero.»

Le ultime parole gli sfuggirono per il succedersi di alcuni decolli. Sorrise, come se avesse compreso tutto quanto. In realtà, gli importava poco. Il signor Smiley amava lanciarsi a briglia sciolta tra gli spazi della mente, come ogni uomo di una certa età.

L'aereo che l'avrebbe portato a New York, lontano dalle secche della sua vita, l'attendeva immobile ad alcune decine di metri. Stavano spingendo la scaletta verso lo sportello.

«Se avessi ancora necessità di voi, signor Smiley?»

«Sono convinto del contrario, ma chissà che un giorno ci rivedremo.»

«Addio, signore» porse la mano.

«Addio, Conrad.»

La mano gli scivolò via come un pesce che sfugga alla presa, forse neppure l'afferrò, tale la fretta d'andarsene dal grande vuoto di Tempelhof, sottrarsi alla vista delle sirene che attiravano sulle secche gli abitanti della città bicefala.

L'aereo atterrò a LaGuardia nel tardo pomeriggio, l'attendeva il pittore Dieter Böhmer, un informatore del MI6 che viveva a stretto contato con i transfughi della DDR trasferiti a New York, ai quali si avvicinavano molti personaggi. Giornalisti, artisti, impresari teatrali. Bisognava vigilare su di loro, come per conservare una specie animale estremamente fragile e rara, valutare l'autenticità della loro conversione, segnalare le infiltrazioni.

Dieter Böhmer si prestava al gioco, sia perché non destava sospetti a causa dell'instabilità emotiva che lo affliggeva e lo allontanava da qualunque suggestione ideologica, sia per i generosi compensi che riceveva a quello scopo e che gli permettevano di vivere con una certa agiatezza, sebbene non sembrasse affatto così. Infatti, compariva ovunque vestito come uno straccione, l'aspetto distintivo di un artista, pensava lui. Così si presentò al terminal dell'aeroporto LaGuardia. Puzzava pure un po', questo si capiva da come la gente si scansava.

Dieter era fuggito da Berlino nel 1963. Si era calato con una fune dalla terrazza di un palazzo, a Treptow, ed era finito oltre il muro, in un cortile di Neukölln. Pittore quarantanovenne, noto per le stravaganze più che per il valore dei suoi dipinti. Ricercato dalla Gestapo prima dello scoppio della guerra, per via di certe caricature oscene con cui illustrava gli uomini al potere, aveva riparato in Unione Sovietica. Alla fine del conflitto era stato rimpatriato al seguito dei dirigenti comunisti di cui faceva parte il signor Ulbricht e, dopo un decennio di apparente inattività, aveva preso a sconciare anche costoro. Era stato imprigionato, rispedito in Unione Sovietica e rieducato. Tornato nella DDR, fatto oggetto di un ossessionante controllo, posto il divieto assoluto di prodursi in qualsiasi genere di espressione artistica, era sprofondato nella depressione. Infine, la decisione di andarsene.

George Smiley l'aveva arruolato e spedito a New York. I risultati erano ottimi, chi l'avrebbe mai detto? Il vecchio George, però, conosceva il punto debole di ogni uomo, attraverso il quale condurlo sulla strada di un sano conservatorismo. L'esteriorità finisce per valere assai poco, come le tele di Dieter Böhmer.

«Puoi stare da me finché non trovi un alloggio che faccia al caso tuo. La mia casa è molto spaziosa. Il guaio di avere troppo spazio è come non averne» gli disse.

Conrad lo osservò.

«Allora, non ti sarò di disturbo?»

«Speriamo bene, non vorrei cambiare idea.»

«Sullo spazio?»

«Su di te.»

Dieter viveva nel Queens, in un loft sulla trentatreesima strada percorso dal vento, gelido d'inverno e infuocato d'estate. Molto luminoso, questo sì. L'ideale per lavorare. Del resto sarebbe stato impensabile oscurare i finestroni che i teppisti provvedevano a conservare privi di vetri. La corrente elettrica, però, era sempre presente, serviva ad azionare l'ascensore che portava al piano terreno, per sua fortuna l'unica via d'accesso all'abitazione, ed era necessaria per cucinare e scaldare l'acqua. Per riscaldare il loft, invece, avrebbe dovuto appiccarvi il fuoco.

Dieter Böhmer l'aveva arredato conformemente alle proprie esigenze artistiche e abitative. Non mancava la compagnia, perché vi nidificavano uccelli di ogni genere, soprattutto le rondini, che andavano e tornavano, facevano un fracasso infernale. Di notte si limitavano a un pigolio sommesso, per nulla molesto. La puzza era la nota negativa di quel luogo. Dieter, però, amava vivere nel suo loft, si sentiva libero, non avrebbe mai fatto cambio con una villetta a Long Island o un appartamentino al Village con un bagno decente, dove fare una doccia almeno una volta alla settimana. L'Unione Sovietica era assai peggiore, rispondeva a chiunque gli consigliasse di andarsene. La DDR non mi avrebbe mai offerto uno spazio altrettanto ampio. Più che mai in galera.

Dieter si mostrò di una generosità infinita, divideva con lui tutto ciò che si procurava, lo trattava come un fratello. Comprendeva il suo spaesamento. Quando lo trovava immerso nei pensieri, a fissare il vuoto, lo consolava come avrebbe fatto sua madre. Cantava *Ich bin von Kopf bis Fuß auf Liebe eingestellt* oppure *Was wollen wir trinken?* e anche *Lili Marleen*. Non immaginava che Conrad preferisse *Surfin' Bird*. Lui non avrebbe certo preteso che Dieter l'intonasse, non quand'era sobrio. Sobrio l'era il minimo indispensabile e da questo lato si facevano un'eccellente compagnia. Dieter beveva di tutto, Conrad soltanto cognac. Cognac Napoleon. L'altro l'accontentava, lo portava fuori persino a fare la pipì, perché nel loft non avevano il bagno, solo un catino. Quel luogo era stato un laboratorio di sartoria e il bagno era al piano sottostante, sbarrato perché non entrassero cani e gatti a fare i loro bisogni. Per fare la pipì andavano nel caffè di fronte, aperto giorno e notte, bevevano un cognac e poi si accomodavano alla toilette. Purtroppo, c'erano molte ragazze che facevano la fila. Conrad cedeva il passo, da quel gentiluomo che era, ma quelle indugiavano, gli sussurravano paroline nelle orecchie, spesso infilavano la lingua. Delle scostumate! Anche a Berlino Est si trovavano ragazze così, ma quelle, almeno, lo facevano per arrotondare la paga. Queste per niente... Dieter insisteva che era lui l'incasso, ancora non si era accorto di essere un fusto come pochi? L'America era tutta un business! Non si mostrasse così schizzinoso.

Per le docce si servivano del bagno pubblico, sulla trentaduesima, ma anche là Conrad era oggetto di attenzioni particolari, in questo caso era lui a trovarsi sempre capofila con tutti quei tipacci incolonnati alle sue spalle, sempre più vicini e ansimanti. Addirittura scostavano l'asciugamano per mostrare i loro pendagli. Pendagli bianchi, neri, gialli, sembrava che tutti si dessero appuntamento là. Lo sbirciavano dalla fessura mentre lui si insaponava. Nella DDR sarebbero finiti in galera, ce li avrebbe portati lui!

Dieter sminuiva la situazione. Diceva sempre che un bel tipo come lui, se avesse avuto il fegato che aveva mostrato per saltare fuori dalla DDR, avrebbe fatto più soldi di Rockefeller. Conrad, però, era un ragazzo timorato, un sentimentale.

Lo cacciava fuori casa soltanto quando sopraggiungevano le modelle che si prestavano a posare per i suoi quadri. Allora Conrad saliva sulla metropolitana e scendeva a Manhattan, se ne andava su e giù per le strade della città, camminava per ore senza meta, in attesa che il suo amico terminasse, ma, non sapendo quando, continuava a camminare su e giù. Ancora non capiva una parola d'inglese. Una notte si azzardò a prendere una linea sconosciuta e si ritrovò in un quartiere poco illuminato e deserto, pieno di poveracci che si scaldavano al fuoco di un bidone. Si avvicinò e li salutò cordialmente, ma quelli mostrarono un atteggiamento aggressivo, presero a spintonarlo, uno tirò fuori addirittura il coltello. Per sua fortuna, un'auto della polizia transitò in quel momento, scesero due agenti che riportarono la calma e caricarono Conrad sull'auto, lo condussero alla centrale. I documenti erano in regola. Il permesso di soggiorno in regola. Perché parlava tedesco, visto che si trovava negli Stati Uniti? I poliziotti cominciavano a innervosirsi. Lui non capiva, allargava le braccia. Finché si ritrovò dietro le sbarre, con alcuni straccioni che smaltivano la sbornia. Che cosa aveva fatto di male? Che razza di paese era mai quello? Si sentì umiliato e s'intristì, per rincuorarsi prese a canticchiare *Surfin' bird*.

Gli ubriaconi si destarono, presero a protestare e a battere contro le sbarre le loro latte. Ma Conrad non ci fece caso, insisteva, quel motivo era un autentico toccasana.

«Brr, brr, ah, ah, ah... Bap-a-pa-pa-pa...»

Finché i poliziotti non ne poterono più. Per fortuna, sopraggiunse Dieter Böhmer, che rassicurò tutti, spiegò ogni cosa, rivelò chi fosse l'uomo dietro le sbarre. Poi, a garanzia delle sue affermazioni, disse di essere proprio lui, Dieter Böhmer, avevano sicuramente sentito parlare di lui. I poliziotti scossero il capo. Gli straccioni dietro le sbarre si guardarono e scossero il capo. Dieter guardò Conrad e scosse il capo, colmo d'indignazione. Comunque, fu concesso loro di lasciare la centrale. Vollero stringere tutti la mano a Conrad.

«A volte mi chiedo che diavolo di Paese sia questo» sostenne uno di loro. «Coprono d'oro un idiota come Dick Van Dyke e permettono a un eroe della lotta contro il comunismo di aggirarsi per East Bay senza scorta.»

Mentre tornavano a casa, a bordo di un taxi, Conrad si disse molto amareggiato.

«Lascia correre amico, siamo in America! Sono cose che capitano, perdersi, finire dietro le sbarre...»

«Non è questo il punto, Dieter. È gente senza rispetto. Non riconoscono un grande artista come te e portano in palmo di mano un rinnegato. Che razza di Paese!»

Il conducente ascoltava, ma non capiva nulla.

«Siete tedeschi, vero?» si rivolse loro in tono ostile. «Al passo Kasserine avete decimato il mio battaglione. Avrebbero fatto bene a bruciarvi tutti!»

L'inverno calò sul Queens e spinse le rondini lontano dal loft. Sommerse i grandi laghi, la Pennsylvania, il Maryland e, infine, New York, la trentatreesima strada. Spinse avanti tavolati di nuvole. Lo sguardo di Conrad Schumann si perdeva tra quel grigiore, che gli riportava immagini della campagna intorno a Döbeln, la casa di suo padre, le greggi di suo padre, suo padre che, pensando a lui, annuiva e sussurrava: «Infame, infame...». Seguirono abbondanti nevicate, poi il gelo cristallizzò ogni cosa. Dalle vie saliva la grande condensa dei fiati, degli sfiati, degli scappamenti. Saliva lenta e si stratificava intorno ai piani elevati dei palazzi, oscurava il cielo. Conrad si propose come spalatore. Il vicinato fu ben contento che il giovane si desse da fare al posto loro. Sembrava assai motivato e il lavoro l'avrebbe tenuto lontano dall'alcol e dai pensieri. S'era accumulata molta neve, più che a Berlino. Conrad si mise all'opera, spalava la neve dal marciapiede e la ammucchiava ai margini della carreggiata.

«Amico, visto che la stai spalando tutta lì, dove mi consigli di parcheggiare l'auto?»

Conrad ripuliva la carreggiata dalla neve e l'ammucchiava sul marciapiede.

«Amico, dove credi che camminino i pedoni negli Stati Uniti?»

Conrad innalzava muri di neve sempre più sottili e ripidi che di giorno in giorno s'inzaccheravano di fango schizzato dalle auto, finché diventarono grigio fumo. Mettevano tristezza, ricordavano Berlino. Insomma, c'erano troppa neve, troppe auto, troppa gente. Di tanto in tanto, entrava nel caffè a farsi un goccio. Un cognac Napoleon. Si formarono ampie lastre di ghiaccio sui marciapiedi. Scivolavano persino i cani. Lui ci dava dentro a tutta forza, grattava e grattava. Ci voleva proprio un tedesco per liberare la trentatreesima strada da tutto quel ghiaccio.

«Amico, il bitume lo devi lasciare, però...»

Come scendeva la sera, ritornava nel loft. Si riscaldava le mani sopra la stufetta, si dava una ripulita con l'acqua calda del bollitore e si cambiava d'abito. Dava un'occhiata ai nuovi lavori di Dieter. Spesso si chiedeva a che cosa gli servissero le modelle, perché trovava quegli schizzi e quelle macchie incomprensibili. A lui, le donne non suscitavano fantasie simili. Così rappresentava la vita, il suo amico? Certo, era assai lontana dal realismo sociale. La concepiva, così? Forse era il suo modo d'interpretare le cose, probabilmente una provocazione. Ricordava alcune sue opere, in Germania, molto diverse dalle attuali. Più conformi alla realtà, forse troppo. Avrebbe fatto bene a dissimularla, per evitare i guai con l'autorità. Probabilmente era entrato in una fase creativa nuova. Era pur vero che lui, Conrad Schumann, non capiva nulla d'arte contemporanea. Apprezzava molto il lavoro del suo amico Dieter Böhmer, però, uno dei più grandi pittori viventi.

Conrad mangiava qualcosa, poi scendeva nel caffè di fronte. Si faceva largo nella calca degli avventori, raggiungeva il banco e ordinava un cognac Napoleon.

«Finito!»

«Come, finito?»

«Hai prosciugato la scorta.»

«Accidenti! Che cosa mi consigli?»

«Be', considerato da dove vieni, io mi farei una vodka, ma se pensi che possa ricordarti i tempi difficili, allora andrei sul bourbon.»

«Vada per il bourbon.»

«Il primo l'offre la casa.»

Conrad alzò lo sguardo allo specchio, la sua immagine era molto peggiorata. Smagrito, la barba lunga, gli occhi cisposi. Ecco perché alle docce pubbliche ora lo lasciavano in pace e alla toilette le ragazze lo ignoravano.

«Sono dei barbari qui, ormai l'avrai capito...» gli sussurrarono all'orecchio.

Nella penombra del caffè, satura di fumo la distinse appena. Bionda, alta come lui, il seno spremuto fuori dalla scollatura. Seno piccolo, da adolescente.

«Finirai avvelenato. Perché non saliamo da me, ho una stanza a due passi e un rifornimento di tequila da inquinare l'East River.»

Lui le fece intendere di non avere denaro.

«Amico, per chi mi hai preso? Io sono una sentimentale» protestò. «Un bel giunco della mia stirpe non lo trovo tutti i giorni» aggiunse in tedesco.

«Sei tedesca?»

«La mia famiglia è di Berlino, proprio come te. Io sono nata a New York, però. Metà tedesca e metà ebrea, da parte di mamma. Non mi dirai che per te è un problema, altrimenti mi metto a gridare» alzò la voce.

I vicini si voltarono verso di loro.

«Sst! Quale problema… Piuttosto, sei maggiorenne?»

«Non tutta, c'è ancora qualcosa in me d'illibato.»

«Ascolta…»

«No, ascolta tu bello! Uno che salta fuori da Berlino Est di sicuro è un anticomunista e, come tale, assai apprezzato da queste parti, ma chi mi assicura che tu non sia anche un neonazi che mi respinge solo perché *mamele* è ebrea?» alzò di nuovo la voce.

«Abbassa la voce… Come ti chiami?»

«Ute. Ti piace?»

«Mi piace.»

«Allora, non perdiamo tempo» lo afferrò per i genitali e lo trascinò fuori.

L'indomani si svegliò disteso sopra una scrivania, coperto alla bell'e meglio con un copridivano, al limite dell'assideramento. Ute dormiva riversa sopra di lui, così ebbe modo di osservarla. Non era un'adolescente, a meno che non fosse stata la tequila a provvedere alla maturazione. Era una donna. A occhio e croce sulla trentina. Piuttosto ben fatta. Possibile non ricordarsi di avere fornicato su una scrivania? Dovevano essere fradici. Si guardò intorno. Uno studio. Sedie e divano. Alcuni quadri alle pareti… Uno era di Dieter, n'era certo. Poi, due diplomi. Università di New York, Ute Ich. Laurea in Filosofia. Guarda un po'! Come ci si può ridurre così? E lui, com'era ridotto? Sottufficiale della *Volkspolizei*... E adesso se ne stavano uno sopra l'altro a congelare su una scrivania nel Queens, nudi. Bel culo, però. Lo sfiorò. Gelato! Bisognava svegliarla, prima che si prendesse una polmonite. Le dette due buffetti. Ute aprì gli occhi e guardò l'orologio.

«Per fortuna sei peloso come una scimmia, altrimenti sarei congelata.»

«Perché siamo sulla scrivania?»

«Colpa tua, *gaucho*, non riuscivi a trattenerti. Mai conosciute squinzie nella Germania Est?»

«Oh, sì. Non come te. Quelle erano troppo disinibite, troppo aggressive...»

«Capisco.»

Si guardò intorno per capire dove fossero gli abiti.

«*Gaucho*, che ne dici se ci vestissimo e scendessimo a fare colazione? Qui si condensa il fiato. Non accendo il riscaldamento perché non ci vengo mai.»

«Quanti anni hai?»

«Vediamo... Direi una decina più di te. Sono troppi?»

«Sembri ancora un'adolescente.»

«Sei un tesoro, *gaucho*, ma le adolescenti non fanno certe cose» sorrise.

Conrad non avrebbe saputo dire perché, ma si sentiva soddisfatto.

Scesero nel caffè e sedettero a un tavolino. Giornata serena, il sole doveva ancora spuntare su New York. La via appariva deserta, immersa nell'atmosfera bluastra del gelo. Conrad Schumann si ricordò che era domenica.

«Dovresti raderti, *gaucho*, guarda come mi hai conciata. Guarda...»

Dieter Böhmer sapeva di non essere il più grande pittore vivente, ma neppure era disposto a rinunciare all'idea di poterlo diventare. Per ora si trovava soltanto sommerso dai debiti.

Uomo affabile, sebbene riuscisse anche a rendersi odioso. Gli accadeva soprattutto in occasione dei rinfreschi e delle mostre di altri artisti, dove sfogava la sua frustrazione per la poca considerazione che gli riservavano la critica e il pubblico, che lo trovavano incomprensibile. Dieter snobbava il movimento artistico americano, che dopo la guerra aveva conosciuto una fase di grande fervore. Diceva di Rothko che era un pessimo imbianchino e che la fortuna di Jackson Pollock era stata di rovesciare casualmente un barattolo di conserva sulla tovaglia. A Warhol le foto riuscivano evidentemente mosse, qualcuno avrebbe dovuto insegnargli a maneggiare una fotocamera. Se poi gli chiedevano un'opinione sul fotorealismo rispondeva: «Foto che?» Del riduzionismo diceva che era il modo più rapido di ridurre l'arte a spazzatura, ciò che gli americani cercavano di fare da sempre. Di questo passo, anche Adolf Hitler avrebbe trovato una collocazione di tutto rispetto, del resto, anche lui amava farsi pisciare addosso, come faceva Pollock sui suoi dipinti, una mania che, evidentemente, condividevano i peggiori artisti.

Il pubblico americano usciva sconcertato dalle sue esposizioni. Si guardavano l'un l'altro e sollevavano le spalle. La critica lo ignorava, non aveva più parole per demolire la sua opera. Non c'era museo o galleria d'arte che avesse posto per lui. I suoi debiti si moltiplicavano, le modelle non ricevevano il dovuto da mesi. Così il lattaio, il macellaio, il droghiere... Il compenso che giungeva da Londra non bastava a coprire neppure le spese del materiale per il suo lavoro. Il fatto era che, più passava il tempo, più i suoi compatrioti si mostravano refrattari alla suggestione del socialismo su scala internazionale. Chi mai avrebbe potuto trovare, Dieter Böhmer, che ancora subisse gli effetti traumatici del distacco, del quale segnalare anche solo una residua patriottica devozione?

Da qualche tempo, Dieter non faceva che disegnare muri. Decine di muri, centinaia. Alla faccia del riduzionismo, più ne disegnava più erano fedeli alla realtà.

«Ho la sensazione di proporre un problema irrisolvibile. Non riesco ad andare oltre e mi ripeto gravando l'osservatore di un'incombenza inattuale, una fastidiosa prevaricazione» gli confidò mentre cenavano.

Conrad l'ascoltava attentamente.

«Non ne ho il diritto. Noto come se ne vanno, hanno tutti stampata sulla faccia un'espressione a metà strada tra la tristezza e la commiserazione. Che ne sanno loro dell'Europa? Sai che cosa pensano qui? Di essersi tolti di torno i punti fondamentali della pittura europea occidentale. Ma noi chi siamo? Soprattutto, cosa non siamo? Noi dobbiamo recuperare la nostra memoria, invece di cancellarla. Tu stesso lo sei. Sei memoria!»

Tele su tele andavano accumulandosi nel loft. Dieter aveva ricostruito Berlino dentro casa, a migliaia di chilometri. O era stata quella città, loro più intima tragedia, a raggiungerli nella trentatreesima strada?

Conrad Schumann era un pastore addestrato a fare la guardia, sottoposto a un rigido indottrinamento, che poteva saperne di espressionismo astratto? Eppure nessuno come lui era stato vittima della folgorazione per levarsi di torno i miti, la storia, la memoria, la nostalgia, l'Europa, senza prevedere che li avrebbe pagati a caro prezzo, come i suoi avi, pastori sassoni, soldati dell'impero, del Reich, del Patto di Varsavia. Concetti assai poco astratti. Finché venne il giorno che Dieter stesso sentì il desiderio di liberarsene, squarciando le tele a coltellate, fracassando i telai sulle ginocchia fino a restare senza fiato per lo sforzo e la furia. Infine, si abbandonò sul letto a fissare il soffitto incorniciato dai nidi deserti delle rondini. Chiuse gli occhi. Non immaginava che Conrad avesse capito e stesse per venire in suo soccorso.

«Troppa realtà» commentò. «Nessuno ha voglia di portarsi a casa un cimelio come farebbero con una pietra del Colosseo o delle piramidi. Nemmeno le ruberebbero. Sono gli stessi di ogni epoca, danno un senso di immobilità. Ecco! Forse, come le hai ridotte adesso...» indico le tele strappate che giacevano sul pavimento. «Dopo questo tuo gesto istintivo, varranno qualche dollaro. Il senso è da cercare oltre la consapevolezza, com'è accaduto a me quando ho saltato il reticolato. Dimmi, Dieter, saresti in grado di dirmi che parte di Berlino raffigurano i tuoi dipinti?»

Dieter fece per dirgli «Ovest», ma s'interruppe. Perché avrebbero dovuto essere a ovest? Immaginarlo era un fenomeno inconsapevole. Doveva scendere più in profondità, lasciar fare all'inconscio... Sorrise.

«Che diavolo ne sai tu, pastore di pecore, dell'inconscio?»

«C'è chi mi apre la mente, quaggiù.»

«Posso sapere chi?»

«Una tipa che ho rimorchiato qua sotto. Una filosofa. Nelle pause delle tempeste ormonali riesce a fare emergere i dubbi, quelli che lei chiama conflitti, i nodi del mio passato di pastore. M'insegna a guardare le cose da un altro punto di vista, soprattutto dal presente. Lei è capace di riportarmi sulla linea di confine, mentre la sto saltando. Proprio sulla linea! Né di qua né di là, ma nella terra di nessuno. Nel limbo. Nell'isola Ogigia, dice lei. Io preferisco chiamarla l'isola inesistente.»

«Una sospensione spaziotemporale, intendi dire?»

«Io intendo, una sospensione morale... L'uomo sulla piccola barca, solo, sulla superficie...»

«La conosco.»

Dieter Böhmer era perplesso. Conrad stava eludendo il significato del suo gesto, la sua simbolicità. Lo rinnegava, come facevano gli astrattisti, e non solo con se stesso e chi l'aveva accolto, ma con tutta la generazione. Era un atteggiamento pericoloso! Meglio informare l'MI6. Nello stesso tempo, però, aveva messo lui, Dieter Böhmer, di fronte a una duplicità che avrebbe dovuto essergli connaturata, proprio perché era un artista. Da un lato, era la necessità di avere ogni risposta, qui e adesso; dall'altro, ciò che lo stava trattenendo per orgoglio, gratitudine, asservimento.

Da quel momento, Dieter prese a dipingere muri semipermeabili, poi traslucidi e, infine, trasparenti, fino a non dipingere più muri, ma solo ciò che vedeva oltre. E non era lui a decidere che cosa trovare, ma ciò che si palesava, come quando il palmo della mano cancella la condensa su un vetro, cala la polvere, la nebbia si dissolve.

Così gli apparvero vie popolate di persone che lo osservavano incuriosite, rivolte verso di lui, che stava a ovest... Ovest? Insomma, lui stava da una parte e loro dall'altra. Volti infastiditi, irritati dal quelle occhiate. Ma gli uscivano così. Comunque, restavano là, dalla parte loro e palesavano ostilità. C'era qualcosa che ancora non andava, tranne il fatto che le sue opere cominciarono a interessare, a vendere. Ne vendette una quantità inimmaginabile, fino a ritrovarsi con un gruzzolo altrettanto inatteso. Ora poteva permettersi di lasciare quel loft puzzolente di cacca d'uccello e trasferirsi in una casa *à la page*, al Greenwich Village. Esitò. Era là che doveva completare l'elaborazione, fare il passo successivo, saltare il muro, ma non come aveva fatto lui, calandosi con una corda da una finestra, dondolandoci sopra. Quella era stata una scelta ideologica, la salvezza, la liberazione... Ecco il punto! Liberazione o salvezza? Doveva farlo come Conrad Schumann, irresponsabilmente.

Comunque, era sceso nel terreno dell'inconscio, che gli regalava panorami inattesi e sconosciuti. Sorprendenti. Si pentì di avere spedito a Londra l'informazione riguardo il suo amico ma, ormai, l'aveva fatto. Un po' gli rodeva che il pastore avesse sedotto la bella Ute Ich, mezza ebrea, mezza tedesca.

Conrad gli sarebbe stato molto utile, perché doveva chiarire ciò che lui non aveva sperimentato, la sua non era stata una scelta ma una fatalità: i volti che lo guardavano dalle sue tele, severi e indignati, al limite dell'ostilità, non guardavano lui, Dieter Böhmer, ma Conrad Schumann. Guardavano il suo culone saltare di là, la sua schiena illesa, le spalle, i tacchi dei suoi stivali. Ora aveva capito per quale ragione si sentiva a ovest, mentre li dipingeva. Dove avrebbero pisciato, i cani, adesso?

Si chiese Dieter. Adesso sì che c'era da marcare il territorio.

Tornò la primavera. Il vento lambiva la costa, spingeva le nuvole sopra New York e regalava giornate tiepide. Una sera Dieter invitò a cena Conrad in un localino a Long Island, vista mare.

«Porta anche la squinzia. Con me verrà la mia nuova fiamma, così la conoscerai. Una donna di classe» sorrise. «Ora me lo posso permettere.»

La squinzia si rifiutò di andarci, conosceva bene Dieter Böhmer e non le piaceva. Lei era una comunista convinta e lui un ficcanaso, le dispiaceva che non fosse finito infilzato a un palo.

Dieter aveva scelto un localino di classe, ma per nulla sfarzoso: panorama sull'oceano, atmosfera soffusa. Conrad li raggiunse più tardi. Dieter alzò un braccio.

«Da questa parte!» lo richiamò a bocca piena, non l'aveva atteso per pranzare, aveva ordinato e si stava ingozzando. La sua amica l'accolse stringendogli i genitali.

«*Put it there!*» sghignazzò. Non sembrava per nulla una donna di classe, piuttosto una svampita dai tratti orientaleggianti e il trucco eccessivo. Dieter lo schiacciò sulla sedia. Parlarono del suo nuovo periodo artistico.

«Il merito è tuo se ho avuto fortuna, avrei fatto bene a darti retta subito, invece che pensare a te come a un pecoraio dalla testa dura.»

«Ma è così amico.»

«Ora ho capito la natura del tuo gesto. La tua, non è stata una scelta! Avevi ragione tu, soltanto, era difficile da credere: senza che tu lo sapessi, quell'atto era maturato dentro di te, mancavano solo le condizioni favorevoli.»

Conrad lo guardò perplesso e scosse il capo.

«Che c'è, non è andata così?»

«È ancora più banale. Pensa a una trottola in equilibrio lungo un crinale che rimane lassù finché ha l'energia che le consente di rimanere diritta. Quando l'energia finisce, comincia a oscillare, si inclina e infine cade indistintamente da un lato o dall'altro. Non fa differenza, capisci?»

«Ne fa molta, invece.»

«Io sono un uomo, Dieter, non un simbolo.»

Lasciarono il locale a notte fonda, tornarono nel Queens. Conrad gli disse di fare pure con calma, lui avrebbe dormito fuori.

Raggiunse Ute nel suo alloggio. Lei dormiva. Teneva il capo reclinato su un braccio. Dalla finestra aperta sulla via giungeva luce sufficiente per poterla osservare. Un bocconcino, Ute Ich. L'accarezzò. Lei si svegliò e gli chiese se la trovasse ancora desiderabile.

«Uno schianto!»

«Sento che presto tornerai in Europa.»

«Forse lo farò.»

Dieter Böhmer scrisse un altro messaggio all'MI6. Le motivazioni che avevano spinto Conrad Schumann a fuggire non erano quelle che credevano loro. Per lui non faceva nessuna differenza. Non si parlasse di ideologia, nemmeno di mera convenienza. Allora di che dovremmo parlare? Risposero dal MI6. L'importante è lasciare credere ciò che avevano raccontato. E lui? Lui non avrebbe smentito? Improbabile. Chi era mai l'uomo Conrad Schumann? L'avrebbero dimenticato in fretta. Comunque avrebbero mandato qualcuno, annunciarono dall'MI6.

Si pentì ancora. L'affidabilità di Conrad non era in discussione. Il suo amico era una persona inoffensiva. I dubbi di Dieter sorgevano dall'indifferenza che Conrad mostrava nell'affrontare la sua nuova vita e le cose che gli capitavano. Certo, non era il sempliciotto che appariva a prima vista e aveva sviluppato un notevole senso critico che, però, non esprimeva se non veniva sollecitato a usarlo. Insomma, una visione globale delle cose, Conrad l'aveva maturata e non gli era piaciuta, ma da qui a pensare a lui come una minaccia, ne correva. Nel quartiere sapevano tutti chi fosse e che cosa aveva fatto, mentre nella strada successiva diventava un passante qualunque nel flusso cittadino e del Queens in particolare, con i problemi quotidiani di chiunque. Le tasse, il costo della vita, il lavoro.

Dieter pretese di conoscere la differenza che Conrad Schumann faceva tra patria e *Heimat*.

«Che cos'è per te la patria, Conrad?»

«La persuasione dosata sapientemente, tale da mantenerti in una disposizione d'animo disponibile ad accoglierne la liturgia, ma anche una quantità sufficiente di critica da poterne sorridere. Nel momento in cui senti crescere il pensiero critico, ecco giungere la formula che lo disinnesca. Ricordi quando eravamo piccoli e le nostre mamme ci impedivano di uscire di casa, perché faceva sera? Noi non temevamo le tenebre, ma loro ce lo vietavano, a causa di ciò che si poteva nascondere nel buio. Sbirri, vecchie streghe, grossi lupi, piccoli topi. Il nostro nemico non era la morte celata nella notte, era la notte. E se obiettavamo che così saremmo diventati uomini coraggiosi, replicavano che a quel punto saremmo stati noi sbirri, vecchie streghe, grossi lupi, piccoli topi.»

«E la *Heimat*?»

Conrad Schumann si guardò intorno, nella via percorsa da gente frettolosa, carica di beni di consumo. Il sibilo ininterrotto delle sirene, il suono dei clacson. Odore di pesce fritto. Automobili. Allora rivolse gli occhi al cielo giallastro del Queens.

«È un orto recintato da una rete di ferro, una corte imbrattata di deiezioni animali, una via popolata di bambini sudati. Scende nell'anima come neve, vi si stratifica per sempre. Prevale su ogni tentativo di farne un principio, una parola che le attribuisca un senso diverso da ciò che è calato nel petto, non già un certo giorno o a una certa ora. La *Heimat* non richiede date né ricorrenze, è fuori d'ogni tempo perché lo conserva tutto. È la sua solidificazione. Non valgono inni a celebrarla, ma il silenzio delle sue notti più buie.»

Dieter Böhmer ripensò alle parole del suo amico, lo fece mentre era davanti allo specchio e si passava una mano sul mento. Spesso, dopo avere preso una decisione sofferta o avere compiuto un'azione abietta, un uomo si guarda allo specchio per verificare che sia stato proprio lui l'artefice, lo stesso del quale si era scordato il volto. Fu allora che gli giunse la folgorazione. Così avrebbe dovuto rappresentare il muro, come uno specchio! Il muro è lo specchio della realtà che riflette l'universo che si è costruito intorno. L'azione che annulla la reazione perché la ripropone perfettamente uguale e simmetrica. Non c'era una sola ragione che spiegasse il salto di Conrad Schumann, tranne ritrovarsi in un labirinto che lo riproducesse all'infinito. Poco prima di raggiungere quel diaframma, Conrad Schumann era stato l'icona di quegli anni; un'istante dopo, l'immagine presa da tergo. Grosso culo, schiena indenne, tacchi degli stivali. Conrad era il muro che il popolo diviso poteva sconciare secondo i propri gusti e frustrazioni, imbrattare con qualsiasi sorta di feccia gli passasse per mano, sia di qua sia di là. Simboli pacifisti, fallofori e, *I love you*, *Ich bin ein Berliner*, *Fuck you*, «*Mein Gott. Hilf mir. Diese tödliche Liebe zu überleben*». Soltanto nell'attimo della transizione, nella totale invisibilità e assenza, Conrad Schumann avrebbe potuto vedere l'isola inesistente, il volo degli uomini-uccello, né uomini né uccelli, la Creazione.

La Creazione illuminò Dieter Böhmer. Così afferrò i pennelli e prese a sconciare lo specchio con schizzi di colore, ditate di colore e dietro il colore c'era lui e tutto ciò che stava dietro di lui. Poi corse a procurarsi altri specchi. Decine, centinaia di specchi. Appiccicava frantumi di specchi sugli specchi, annullava ogni gesto creativo. Giunse all'estrema sintesi, all'annullamento di ogni gesto. Una frenesia creativa irrefrenabile e inutile.

Dieter non riusciva a stare al passo con le richieste. Arrivavano da ogni parte. Collezionisti, galleristi, direttori di musei, gente qualunque. Ognuno portava uno specchietto, bastava una pennellata, una ditata, uno sgorbio, uno sputo, purché fossero di Dieter Böhmer.

Ora poteva lasciare il loft, trasferirsi in un appartamento al Greenwich Village, circondarsi di bella gente, artisti, attori, uomini d'affari. Prese a vestire non più come un poveraccio, ma molto peggio, come un poveraccio che voglia apparire eccentrico. L'America era l'America. L'onda del successo travolge ogni cosa, insozza tutto prima di ritirarsi, lasciare una patina fangosa di dollari.

Dieter portava a spasso i suoi levrieri nel parco, cenava da Delmonico's, sempre in compagnia di donne affascianti. Prestava molta attenzione a non macchiarsi la camicia di sugo, perché i fotografi erano sempre in agguato. I suoi detrattori lo ungevano, i critici lo ungevano, lo ungeva la stampa.

Conrad Schumann non amava stargli accanto e Dieter preferiva così. Eppure, era stato lui, l'infame pastore sassone, il mezzo per giungere al successo. Se l'era caricato sulle spalle e gli aveva fatto fare il grande balzo. L'acrobazia compiuta da Dieter, a Treptow, era stato un atto di determinazione e coraggio, fuori discussione, ma nient'altro che un azzardo come tanti in quegli anni. Lui non era il *vopo* a cinque passi da una barriera inesistente.

Tuttavia, Dieter invitò il suo amico al Village, una mattina di buonora. Ormai era autunno e nei viali alberati del quartiere si stendevano tappeti di foglie gialle, l'aria soffusa dal loro profumo. Il sole filtrava diagonalmente e accendeva i tetti e gli abbaini. Non sembrava di essere a New York.

Conrad salì all'ultimo piano della casa di Dieter, un'abitazione d'inizio secolo, ma assai accogliente, dai pavimenti in legno e le pareti dipinte con colori vivaci. In casa, c'era solo lui, nessun altro. Dieter l'invitò a fare colazione, ma Conrad rifiutò, gli chiese se avesse del cognac.

Gli versò da bere, poi l'osservò. Conrad appariva ancora più smagrito e di pessimo umore. Andava tutto bene?

«Al solito» rispose.

«Ute?»

«Non ci vediamo più. Credo si sia trasferita a Newark, così mi hanno detto. Nel suo studio adesso c'è un odontoiatra e l'appartamento è stato venduto.»

«Capisco. Di' un po', Conrad, faresti una cosa per me?»

«Se posso, volentieri.»

«Apri quella cassa, allora... Quella.»

Conrad Schumann aprì un baule alle sue spalle, dentro c'era una divisa della *Volkspolizei*, con tanto di stivali, elmetto e *pepeša*.

«Non chiedermi come me la sono procurata.»

«È la mia?»

«La tua.»

Conrad la svolse e la guardò, sembrò inorridire.

«Cosa dovrei farci?»

«Indossarla.»

Conrad lo guardò.

«Indossarla...»

«Esattamente. Vorrei dipingerti di schiena, su quello specchio. Quello, vedi...»

Uno specchio di gradi dimensioni era appoggiato alla parete, coperto da uno straccio.

«Sarà un successo enorme. Ti ricompenserò come meriti. Hai visto le mie ultime opere?»

«Le ho viste.»

«Cosa ne dici?»

Mandò giù un altro cognac.

«Proprio ciò che si aspettava il signor Smiley, lui ha molto apprezzato il tuo lavoro. È un umanista raffinato. Uno come lui è addestrato a prevedere certe cose, che, purtroppo, non sono appannaggio solo dei paesi dell'Est. Nessuno sarebbe riuscito a cogliere il senso di quel fatto, fuorché tu, ma non ti permetteranno di esporre proprio me né qualcuno che mi ricordi. Soprattutto a rovescio. Varrebbe a interrompere il flusso della storia.»

Dieter Böhmer lo guardò sorpreso e spalancò la bocca in una risata.

«Andiamo, Conrad... Non darai credito a queste cose. Nessuno può frapporsi al percorso dell'arte, non siamo nella DDR.»

«Avresti dovuto prevederlo, prima di spedire a Londra i tuoi rapporti. Pensavi che non li avrebbero presi sul serio? Non ero io l'osservato speciale ma tu. Tu, Dieter.»

Chiunque poteva sospettare che l'immagine da tergo del salto di Conrad Schumann esistesse, ma non ne avrebbe mai avuto la prova. A meno di trovare un uomo, un visionario, un artista in grado di riprodurla identica alla realtà, a una sua manifestazione plausibile.

Dieter gli rivelò di avere avuto un incubo, quella notte, e di non essere ancora riuscito a liberarsi della sensazione che gli aveva lasciato. Troppo lungo per essere solo un incubo, disse. Conrad rispose che dai sogni non c'è difesa.

«Ci aggrediscono nel sonno come sciacalli. Chissà che cosa c'è dentro di noi? Forse, la resa dei conti o una sua prefigurazione. I sogni si prendono troppo sul serio, sempre che non siano loro a prendere sul serio noi e gravarci della loro inconsistenza. Era destino che io mi portassi via tutto ciò che avevo conosciuto.»

«Anche la verità?» gli chiese Dieter.

«La verità corrisponde a una delle innumerevoli ipotesi, una soltanto, una qualunque, non importa quale, purché plausibile.»

Detto questo, Conrad Schumann se ne andò, lasciò il suo amico profondamente turbato.

Dieter Böhmer, però, non si diede per vinto. Se non voleva essere Conrad, sarebbe stato uno della sua corporatura. Da tergo, chi si sarebbe accorto?

Detto, fatto!

Il capolavoro di Dieter Böhmer venne imballato con ogni

precauzione dagli addetti del Museum of Modern Art, che lo portarono in strada e lo caricarono sul furgone. Furono i primi a vederlo.

«Complimenti, Mr. Böhmer, io mi intendo poco di queste cose, ma si capisce quando si ha a che fare con qualcosa di unico» disse il fattorino mentre si rispecchiava nel dipinto.

Il suo collega annuì convinto, sebbene non vedesse l'ora di farsi una birra. Era già tardi per essere venerdì.

Il furgone prese il largo da Morton Street e si diresse al museo. Attraversato il fiume, però, procedette oltre e giunse fino a Plum Point, entrò in un vecchio magazzino e scaricò l'imballaggio. Gli addetti lo smontarono e, depositata l'opera sopra un contenitore metallico, la fecero a pezzi. Sigillarono il contenitore e lo portarono alla discarica pubblica.

L'indomani, sabato, Dieter Böhmer fu ritrovato a nord della città, in un cortiletto abbandonato, colmo di pneumatici, bottiglie vuote e infestato dai topi, impalato, con addosso una costosa vestaglia da camera. L'avevano prelevato così. Dieter avrà capito subito di essere perduto, pensò Conrad Schumann, che lo osservava inorridito.

Conrad avrebbe lasciato gli Stati Uniti, il giorno stesso, destinazione Londra. Ute Ich, non aveva voluto seguirlo.

«In Europa...» aveva scosso il capo. «E chi se la fotte più, l'Europa?»

Peccato, perché era tutto fuorché una squinzia.

Poco prima di giungere all'aeroporto LaGuardia, domandò a George Smiley la ragione di tanta efferatezza.

George stava pulendo gli occhiali nel fazzoletto. Prima di rispondere, li infilò e lo guardò con un'espressione addolorata, la stessa che sfoderava di fronte alle rovine fumati delle città tedesche.

«Ora siamo pari.»

13. Nel Regno Unito

Londra esalava un immenso respiro. Miliardi di foglie ricoprivano i grandi parchi, il loro profumo diffondeva nell'aria come un'essenza purificatrice. Una breve pausa e riprendeva a piovere. L'eterna pioggia londinese che nutriva il pensiero e lo rischiarava, mentre il sole era un lusso che appariva e scompariva attraverso squarci di pallido azzurro. George chiudeva l'ombrello e sorrideva, immerso nel suo variabile elemento naturale, si compiaceva della sua città, si sentiva rassicurato, la vita trascorreva ordinata e puntuale, flussi umani e meccanici regolati da una segnaletica inequivocabile e da poliziotti inermi dal volto sereno. Lui era responsabile di tanto vivere, del suo perpetuarsi quotidiano.

Il vecchio funzionario si sentì grato a Conrad Schumann notandone il compiacimento alla vista del paesaggio che gli si dischiudeva intorno, attraverso i finestrini del taxi. Sarebbe stato assai semplice per lui stabilirsi definitivamente nella soffice indifferenza londinese. Nessuno l'avrebbe osservato con curiosità e sospetto, lassù rispettavano la diversità, l'apprezzavano, la ricercavano, ma non avevano abbastanza fantasia per apparire diversi più di quanto già non fossero. L'unico rischio per Conrad sarebbe stato subire la dimensione di una solitudine tanto più profonda quanto più si considerava meritevole di rispetto, tale a un cadavere riverso su una panchina pubblica che nessuno osi avvicinare, per timore di destarlo.

Tutto ciò soddisfaceva il suo desiderio di tenersi in disparte, in uno stato di sopportabile ebbrezza, procurato dal cognac, alternato alla desolazione di un cittadino che non era ancora stato tale, lontano dalla Repubblica Democratica. Decollato, scomparso. L'unica traccia, il numero 101615 della pratica nello schedario berlinese dell'*Abteilung* 12. Con quello stato d'animo si accingeva ad affrontare il suo secondo decennio a Ovest.

George Smiley temeva che la sua passività di fronte alle cose l'avrebbe reso arrendevole, schiavo di curiosità inappagata. Per questo, gli suggeriva d'interagire gradualmente con la realtà, iniziando da un'attenta osservazione, mostrandosi però disinteressato, meglio ancora, distratto. Distratto da cosa? Dal pensiero. Il pensiero è la migliore delle distrazioni. Ma era proprio ciò che Conrad faceva, nient'altro che pensare. Pensava tutto il giorno.

La percezione del reale di George Smiley era troppo alta e oltremodo articolata. Era pur vero che anche lui si era aggirato per le strade d'oltrecortina, tra buche e pozzanghere, lungi dai coni luminosi, rasente i muri degli edifici in nudo cemento. Le sue lenti, però, riflettevano l'essenza di quel sistema silenzioso e cupo, impermeabili a qualsiasi grossolanità, coglievano la sintesi di un universo stanco e indifferente, privato dei desideri. Il pericolo era colmare il vuoto, crearvi un interesse, soltanto per averlo spiato. Niente uova, oggi. Niente uova da oltre un mese... Agrumi? Anni senza agrumi... Calze da donna di qualità scadente, prezzi altissimi... Volantino proveniente da ovest, volato di qua del muro, zuppo di pioggia ma ancora leggibile. David... Bowie! Chi era mai? Il vecchio George ignorava i generi musicali contemporanei. Avrebbe dovuto interessarsene, forse avrebbe trovato l'ennesima falla nella corazza.

Purtroppo, George Smiley era incapace di cogliere uno sguardo compromettente, rivolto a quegli aspetti della vita che ignorava. E dire che nemmeno lui era uscito indenne dall'atmosfera di questi tempi. Per questa ragione sognava di tornare a casa, passare due settimane a Brighton, respirare aria di mare, gustarsi l'estate. L'estate... Il segreto era di pensarla interminabile, come la vita.

Invece saliva la nebbia su tutto il continente. Il momento adatto per tornare in azione. George Smiley attendeva condizioni simili per passare la cortina, ma non lo faceva di soppiatto, appariva in un punto qualunque della frontiera. Veniva fuori infreddolito e sofferente dalla nebbia.

«*Guten tag.*»

«*Papiere!*»

Le guardie osservavano attentamente i documenti di George, ma non trovavano nulla che non andasse.

«*Herr*... Wätlich?»

«Manfred Wätlich.»

«*Bitte*...»

George spariva nella nebbia della Repubblica Democratica, vi si muoveva come un pesce nell'acqua. Sentiva trasformare la propria consistenza, diventava viscido e sfuggente, ne distingueva gli odori, prevedeva le sue rarefazioni, dentro le quali appariva e scompariva. Dove trovava tanta agilità, lui che soffriva l'umidità e il freddo più di qualunque altro personaggio? Perché quello era il suo personaggio, anche se sarebbe più corretto dire il suo cliché.

Così dovrebbe essere una spia, qualcosa di assai comune, inoffensivo all'apparenza, fragile, un vecchio signore solitario che rincasa dopo una passeggiata in un quartiere malfamato, esposto a ogni pericolo, indifferente alle tentazioni, alle illusioni, per via di tutti quegli anni che gli pesavano sulle spalle e nella memoria e la consapevolezza di averli vissuti e di ricordarli a uno a uno, archiviati secondo una cronologia precisa, ordinatamente catalogati e classificati. Eppure, se qualcuno fosse stato capace di intercettarne lo sguardo, avrebbe colto l'essenza della nocività del nemico, in quegli occhi che scrutavano il punto dove gli ordigni avrebbero colpito con maggiore efficacia. George Smiley era certo che non sarebbe mai accaduto, lui era là per prevenire la catastrofe, non si augurava di calpestare altre macerie. Era convinto che il mondo ne avesse abbastanza e la contrapposizione che lui alimentava non fosse altro che un modo per tenerlo in equilibrio. Lui doveva solo garantire che nessuno spostasse le pedine sulla scacchiera senza che dall'altra parte si facesse altrettanto. Per questo vegliava su Conrad, perché non fosse proprio lui a creare lo squilibrio, lui o quelli come lui, pedine inoffensive, inutili, eppure fuori posto. Animali selvatici che finivano nella rete tesa lungo la cortina, tutto un sensore e spolette, sirene e fari, e guardie che prendevano la mira.

George Smiley non era un uomo del potere, ma un suo solerte funzionario. Affermava che l'ultimo conflitto avrebbe pacificato il mondo per secoli, perché i vincitori non solo avevano ripristinato il diritto e la giustizia, ma anche realizzato i programmi economici che meglio si prestavano al loro perdurare. Il grado di libertà di un popolo sarebbe stato tanto elevato quanto più il suo ordinamento avrebbe garantito il benessere. Conrad Schumann era convinto del contrario, ma lui non era un anglosassone, inoltre non riusciva a convincere George che l'ultimo conflitto era stato un ottimo affare soltanto per gli Stati Uniti, i quali avevano fatto di tutto per scatenarlo, in primo luogo risollevare la Germania anziché cancellarla dalla carta geografica. Per questo era un errore credere alla libertà quale generatrice di benessere e non al contrario.

Giugno sgomberò il cielo dalla nuvolaglia che negava la luce alla città. Il calore si intensificò. Ancora pochi giorni e l'afa sarebbe salita nelle vie e nei parchi. Ogni giorno, il vecchio George attendeva Conrad all'uscita del suo alloggio a Finchley, seduto su una panchina, sorridente e insolitamente rilassato. Indossava l'abito di tela color cachi e leggeva un quotidiano.

George Smiley era soddisfatto di Conrad che, da non anglosassone, risultava molto suggestionabile, più esposto alle seduzioni estranee di quei tempi inquieti. Il suo era stato un atteggiamento da vecchio conservatore, l'atteggiamento di un *gentleman* inviato nelle colonie per conto della Compagnia che, pur vestendosi come un indigeno, mangiando cibo locale e parlando un'altra lingua, aveva mantenuto intatti i gusti, l'accento, la sensibilità. La capacità di sopportare. Il guaio era che Conrad Schumann pretendeva di muoversi nel mondo reale senza i filtri necessari per poterlo interpretare e relazionarvisi, che era come fissare il sole privi di lenti adeguate. Oltre la cortina di ferro l'oggettività andava fatta digerire per quello che appariva, mentre da quest'altra parte andava trasfigurata.

George Smiley l'aveva rilasciato sulla sua magnifica isola, il luogo più sicuro per allontanarlo dalle tentazioni e dai ricordi, dove sperava assorbisse, più che negli Stati Uniti, l'essenza dei valori occidentali nella loro espressione più compiuta, il baluardo contro ogni degenerazione ideologica maturata nel resto del continente. Pazienza se aveva mostrato le fauci spalancate a mezzo mondo e l'aveva spogliato dei suoi beni fino a condannarlo a un eterno Medioevo, l'importante era il ruolo svolto in Europa nel XX secolo, del quale, adesso, vantava il primato morale.

Gli confidò di essere spesso ospite di certi conoscenti, i quali gli somministravano zuppa di tartaruga, una pietanza rivoltante, ma che lui consumava lodando la padrona di casa per quanto gustosa l'avesse servita e dicendo che mai gli era capitato di assaggiarne una migliore. Una pietanza peggiore di ogni *Bratwurst* e di ogni carpa bollita ingeriti oltrecortina, ma andava fatto, era un segno distintivo. Del resto, anche i suoi ospiti trovavano il *consommé* ripugnante.

Conrad gli chiese se avesse mai amato i luoghi dov'era stato inviato durante gli anni del suo lunghissimo servizio. Sorprendentemente, si sentì rispondere che li aveva amati molto. Anche Poznan, Budapest, Praga, Sofia, Kiev? Lo provocò. Anche quelli, rispose. Come Londra, Steeple Aston? Insistette. George acconsentì e aggiunse che, se adesso non gli fosse parso possibile, tra alcuni anni si sarebbe ricreduto. Conrad Schumann, allora, pensava che si rimpiangessero solo i luoghi dove si era stati felici. Sbagliava. Piuttosto erano gli anni in cui bastava poco per tenere accesa ogni speranza. Andarsene! Sarebbe bastato andarsene, pensava allora.

L'alloggio londinese era una foresteria dell'MI6, pertanto Conrad non poté fermarsi a lungo. George Smiley suggerì di mandarlo a Eastbourne, presso una famiglia che alloggiava giovani studenti di tutta Europa, i coniugi Bernard. Vacanze studio. Era necessario che si esprimesse in un inglese decente per potersi confondere con i suoi nuovi compatrioti.

Così fecero.

Ogni mattina si recava alle lezioni e il pomeriggio lavorava nella merceria della famiglia. Lui si chiamava Tom, un uomo gioviale, gli affidava la merceria e scompariva per il resto del pomeriggio. Tornava alticcio, all'ora di chiusura. Sulle prime, Conrad si trovò un po' a disagio, ma presto si convinse dell'utilità di rimanere solo tra gli abitanti del quartiere che entravano a fare acquisti. Costoro parlavano volentieri con lui. Esprimersi in inglese gli fu più utile che studiarlo. Venivano persone di ogni genere, chiacchieravano di qualunque argomento, anche i più audaci e scottanti, senza farsi molti problemi.

Entravano alcuni giovani a comprare le sigarette. Capelli lunghi, aria truce. Assolutamente innocui. Pagavano e si appoggiavano al banco. Aprivano il giornale, uno leggeva e gli altri ascoltavano. Ascoltava anche lui. Gli chiedevano se avesse saputo delle bombe. Che ne pensava, lui? Se ne sarebbero dovuti andare dall'Irlanda? Lui temeva il tranello: unionisti o repubblicani? Alzava le spalle, loro passavano alla pagina sportiva. Noi siamo per il West Ham. Per chi era, lui? Dinamo Dresda. Si guardavano l'un l'altro. Annuivano.

Compariva un'anziana signora, assai compunta. Acquistava il giornale e una saponetta. Lo osservava con insistenza. Olandese? Tedesco, *madame*. La Germania era un grande Paese, annuiva con sussiego. Lui s'informava dove fosse stata, in Germania. Non c'era mai stata, solo sentito dire. Aveva già una ragazza, lassù? Quel già presupponeva fosse arrivato da poco, lassù, oppure che non potesse rinunciare ad avere una ragazza. No, *madame*, ero innamorato di un'amica che viveva a New York. Sentirai la sua mancanza. La sentirei comunque, perché ho dovuto lasciarla. «*What a pity!*» gli accarezzava una guancia. Poi dipingeva un sorriso sincero: «*You'll soon forget her*».

Infine, tornava Tom Bernard, gli chiedeva come fossero andati gli affari. Molto bene, Tom. Lui prelevava il denaro e lo infilava nel portamonete. Di tanto in tanto gli allungava alcune sterline. «*Good job!* Problemi?» Nessun problema. I problemi li avrebbe avuti lui, poco più tardi.

A casa, Tom Bernard faceva i conti con sua moglie Amelia. Povero Tom! Taceva e subiva costernato. La cena gli andava di traverso. Lei gli rivolgeva epiteti irripetibili, gli studenti facevano finta di nulla, mentre Conrad si sentiva in colpa, come se fosse suo complice. C'era poco da fare, non riusciva proprio a toglierselo quel vizio.

Amelia Bernard era una donna assai gentile e sollecita con i suoi ospiti, ma oltremodo parsimoniosa. *Dinner* alle diciassette, cibo scarso e poco allettante. Loro avevano una fame da lupi, che attenuavamo con abbondanti razioni di *fish and chips* pescate da grandi vasche d'olio in ebollizione perpetua. Oppure divoravano dolciumi ipercalorici, snack comprati nella merceria di Tom Bernard. Non era una tattica. Lassù, le cose funzionavano così. E dire che era un popolo in carne, tenace ed energico.

Amelia ammoniva di non eccedere con quelle porcherie. Facevano male! Sbarrava gli occhi. In particolare, si raccomandava con le ragazze, che sarebbero ingrassate a furia di snack. Nessuno le avrebbe più volute, nemmeno un poveraccio come suo marito Tom, che si era accontentato addirittura di lei. Rideva a crepapelle. Brava donna, Amelia!

Loro erano sette studenti, sette orfanelli che attendevano la cena. Uno spagnolo di Alicante, due svizzeri di Sciaffusa, un italiano di Firenze, due polacche di una città senza vocali e lui.

Ricominciarono le scuole. Conrad Schumann si trattene ancora un mese a Eastbourne, l'istituto avrebbe chiuso i battenti per la fine di novembre. Infine, dovette andarsene. Ora sarebbe stato un uomo libero, un cittadino britannico. Avrebbe potuto scegliersi un nome. Uno qualunque. Alan Costello, Tony

Brown, Edward Fairclough. Andarsene ovunque, scegliersi un mestiere. Sposarsi. Che cosa avrebbe raccontato di sé ai suoi figli? Avrebbe dovuto inventarsi un passato, lontano dalla madrepatria. In Sudafrica o in Nuova Zelanda. E i nonni. Morti entrambi. Le loro foto? Non le aveva conservate. Possibile? Noi non le facevamo, le foto. Parenti? Mai conosciuti. Di che zona dell'Inghilterra eravate? Del Wess... no, del Sussex. Io non me lo ricordo. Sono nato laggiù, io. *Mommy, was Daddy in jail?*

Tom e Amelia l'accompagnarono alla stazione di Eastbourne. Nel cielo sopra la città volavano i gabbiani, aprivano le ali e si lasciavano respingere dal vento verso la costa. I suoi ospiti lo salutarono sorridenti. S'informarono se si era trovato bene, a Eastbourne. Assicurò loro che si era trovato ottimamente, come se fosse stato a casa. Infine, si sporse dal finestrino e li salutò, slanciando un braccio.

Cheerio...

Dal treno osservava l'Inghilterra. Si era accorto che sulle isole britanniche era calata una sorta di cappa plumbea che loro chiamavano recessione, sotto la quale vagavano giovani disoccupati dai lunghi capelli, che tracannavano birra per strada e scaraventavano le bottiglie vuote contro il suolo della patria. Il treno entrò nella stazione di Waterloo, bottiglie rotte anche là, lattine, crocchi di sfaccendati: dov'era finita l'antica grandezza britannica? Sembrava sfarsi in un terreno che non ne reggeva più il peso: porti semideserti, miniere abbandonate, quartieri in sfacelo. Un Paese che aveva abbassato le luci e rinunciava a mostrarsi al mondo. Nonostante ciò, Conrad poteva recarsi ovunque desiderasse, poteva esprimere il proprio pensiero. I suoi compagni di carrozza s'informarono se era tedesco e, alla sua risposta affermativa, gli chiesero di dove. Döbeln, rispose, vicino a Dresda. Ma è di là... Lui annuì. Com'era possibile che si trovasse di qua? Fuggito. E la sua famiglia? La famiglia è rimasta. Si guardarono tra loro: non si sentiva in colpa? Conrad si sentì in colpa. Più saggio sarebbe stato dire di chiamarsi Alan Costello, Tony Brown, Edward Fairclough.

Così scese dal treno e si avvicinò al tabellone degli orari. Cardiff? Da Paddington, alle 10.23. Norwich? Da Liverpool Street, alle 11.50. Birmingham? Da Marylebone, alle 11.55. Manchester? Da Euston, alle 12.00

Berlino? Da St. Pancras alle 12.35.

Le ferrovie britanniche, per mezzo delle quali stava tornando a Berlino, gli permisero di apprezzare la metropoli, il fiume, la campagna e infine il mare. Si allontanava dalla patria del signor Smiley, che l'avrebbe ospitato usandogli ogni riguardo. Tutt'al più un po' di diffidenza, quel poco che bastava per nascondere l'ipocrisia.

Ripensò a ciò che aveva risposto al suo amico Dieter Böhmer, al Village, pochi mesi prima, a proposito della patria, il *Vaterland*, parola sconsigliata nella DDR, perché rievocava i fantasmi dal profondo dell'animo tedesco. Non sarebbe stato opportuno pronunciarla, comunque. Il signor Smiley, infatti, preferiva dire, Inghilterra e si era cavato dagli impicci anche dal lato morale. Sarebbe stato lo stesso dire Germania, sennonché qualcuno avrebbe potuto obiettare: quale? Il signor Smiley sapeva distinguere tra le due Germanie, come tra i fantasmi, lui era cosciente che il peso dei genocidi era commisurato a distanze non solo temporali e che bastava salire di un solo gradino la scala della storia per scordarsene, rifarsi una reputazione. Come l'uxoricida che divenuta un povero vedovo, gravato d'intima solitudine.

Conrad Schumann amava pensare alla *Heimat*, quando si sentiva struggere dalla nostalgia, anche se le aveva voltato le spalle. Era la contraddizione degli esuli, che per la patria non sono disposti a dare la vita né un solo giorno in più, ma che la vita giungono persino a togliersela quando si convincono di non poter più tornare alla *Heimat*. In qualche modo si deve esprimere la nostalgia e a lui sembrava il termine più appropriato, sebbene riecheggiasse ancora di angustie campestri e particolarismi, arbusti e prati autoctoni da tenere puliti dalle erbe matte. Lui, invece, se n'era andato e non sarebbe tornato mai, se non per ingrossare il popolo delle ombre. Ma che ne sentisse la nostalgia, era fuor di dubbio. Il fatto era che eludere il peccato che gravava la *Heimat* costava caro, al punto da modificare la propria natura, subire la dimensione desolante dello spaesamento. Ma come potevano i tedeschi ricordarsi della storia, quando il nuovo corso lavorava alacremente per ridisegnarne il passato?

14. Baviera

Seppellito Hanns-Martin Schleyer, suicidatosi il gruppo storico della RAF, Maggie e Ronnie scampati agli attentati alle loro vite, si schiuse un decennio di grandi cambiamenti. Il signor Honecker accettò alcuni terroristi tedeschi in conto deposito, mentre monsignor Lefebvre prese il secondo giallo e fu finalmente scomunicato.

Conrad Schumann venne a sapere che il suo amico Peter non aveva completato il trattamento anabolizzante previsto dall'Associazione tedesca della ginnastica e dello sport e si era allontanato a metà della cura. Avrebbe dovuto prevedere di non riuscire a sviluppare ali adatte al volo. Fu George Smiley a dargli la notizia. Chi altri poteva esserne al corrente e avrebbe potuto farlo altrettanto riguardosamente?

Il signor Smiley colse l'occasione per esprimergli il suo rincrescimento per il fatto che se ne fosse andato da Londra, lassù avrebbe potuto trovare la serenità che aveva perduto, ma disse di essere altrettanto certo che la frattura tedesca si sarebbe rimarginata molto presto. Del resto, concluse, non era sensato dividere ideologicamente un popolo senza neppure consultarlo e, al contempo, pronunciarsi democratici. Non conosceva altri casi nel mondo cosiddetto civilizzato. Conrad Schumann avrebbe potuto starsene zitto, anche solo per cortesia, ma aveva l'abitudine di puntualizzare su ogni argomento. Una brutta abitudine. Così, rispose al signor Smiley che si era dimenticato dell'Irlanda. L'Irlanda soffre la stessa condizione, insistette. Per alcuni istanti scese un silenzio tombale lungo la linea con le isole britanniche. Conrad non fece a tempo a rammaricarsene che George riprese, in un tono assai più compassato:

«Dopo d'allora, amico mio, potrò finalmente sparire, diventare un fenomeno letterario, proprio come accadrà al vostro amico János Boka, alfiere di un'epoca svanita della nostra amata Europa, che, forse, rimpiangeremo. Come se, improvvisamente, a due giocatori di scacchi venisse sottratta la scacchiera e rimanessero loro soltanto le pedine. Per essere esatti, la scacchiera non verrà affatto sottratta, ma riempita a tal punto di feccia da renderla impraticabile anche ai pifferai. Forse anche voi, un giorno, tornerete a Döbeln, dove nessuno penserà più a "Conrad l'infame", a meno di non identificarvi col primo pezzetto di muro staccato dal recinto delle loro pene e speranze, da quella loro fierezza tedesca profumata di nafta e *Bratwurst*.»

«Sono costretto a rammentarvi, signore, che, all'epoca della mia infamia, il muro non c'era ancora...»

Era proprio una brutta abitudine, puntualizzare sempre. Lasciasse concludere la faccenda a un vecchio signore che stava per scomparire tra le pagine delle sue memorie. Tuttavia, dopo queste parole, il silenzio non scese tombale, gli sembrò addirittura di vederlo sorridere.

«Addio, Conrad.»

«Addio, signor Smiley.»

Conrad Schumann trovò un alloggio a Frisinga. Un passo alla volta, stava scendendo sempre più a sud. Si recò a firmare il contratto di locazione, dopo avere letto l'annuncio sul giornale. Aveva scovato una vecchia casa, affacciata su un canale, in Fischergasse. Finalmente, tornava alla campagna. Si rallegrò. Aveva ottenuto un impiego presso un allevatore della zona. Bovini. Mai allevato bovini. Stessa cosa, commentò la padrona di casa. Sempre di mammelle si tratta, lo liquidò nell'atto di mungere le proprie. Donna orribile! Diffidente e maldisposta. Gli consegnò le chiavi e dettò le regole. Divieto di ospitare sconosciuti, pulizie accurate e regolari e, soprattutto, il volume del televisore... Lo squadrò e scese le scale. Conrad la seguì allontanarsi ondeggiando nella sua vestaglia da camera a motivi floreali. Lei si voltò – per un attimo credette che avesse intuito la natura della sua ispezione, invece gli chiese se s'interessava di politica. Conrad scosse il capo. Lei annuì non proprio compiaciuta, ma neppure infastidita.

Monolocale disadorno, al primo piano, con la finestra che si apriva nella corte, sede di un'officina meccanica. L'edificio necessitava di una ristrutturazione urgente e il cortile interno non si poteva dire un granché, tutto pozzanghere e pneumatici accatastati alla bell'e meglio, ma, nel complesso, non era male.

Si sforzò di convincersi dell'ottima scelta. In realtà, era l'ennesima topaia da esiliato. Finiva sempre per ritrovarsi a est di se stesso, la stessa sorte capitata a George Smiley. Gli sembrò di sentirlo dire: «In fondo, Conrad, per quante contraddizioni e ingiustizie esistano nel mondo occidentale, bisogna ammettere che certe condizioni di vita non siano proponibili a Poznan, Budapest, Sofia, Praga, Kiev».

Perfettamente d'accordo. Però, la solitudine si era fatta opprimente. Non era quella dell'Est, condizione necessaria a ristorare lo spirito, né quella di Berlino, in cui trovare riparo dall'indiscrezione dilagante e dall'attenzione delle spie. Nulla di tutto ciò. Quella era l'autentica solitudine tedesca, uno stato simile all'isolamento sensoriale delle galere tedesche democratiche.

Conrad viveva come se si trovasse in un Paese straniero, totalmente disinteressato alla sua vita. Che ci fosse o no, nessuno si sarebbe dispiaciuto né rallegrato. Semplicemente, non se ne sarebbero accorti. Conrad chi? Conrad Schumann. Ma sì, la guardia che ha saltato il muro, a Berlino! Ah, quello...

Si recava al lavoro e rincasava. Andava a fare la spesa e rincasava. Dal suo alloggio non usciva un suono. La padrona finì per insospettirsi di uno che rigava troppo dritto, sicuro aveva qualcosa da nascondere. Così, prese a spiarlo. Sbirciava dalla finestra mentre rincasava e quando usciva. Sempre alla stessa ora, spaccava il minuto. Un giorno, Conrad la trovò ad attenderlo nella corte. Gli domandò perché non guardasse la tv. Perché non gli interessava. La radio? L'infastidiva. Giornali, giornaletti... Che giornaletti? Ma sì, i giornaletti... Niente giornaletti. La ragazza? Ma non era vietato portare estranei in casa? La ragazza non sarebbe stata un'estranea. Comunque, nessuna ragazza. Oh, bella! Perché? Esitò. Gli ritornò in mente la sensitiva. Perché lo aveva lasciato per un banchiere. Un bancario... Banchiere, banchiere: Union des Banques Suisses. «Ce ne saranno pure di altre ragazze, ma se sta tappato in casa, non verranno certo loro a bussare alla sua porta!» disse in tono di rimprovero e si allontanò.

Conrad Schumann trascorreva le sue domeniche sull'Isar, a pescare trote e barbi. Ne portava a tutti. Alla padrona di casa, al suo datore di lavoro, ai vicini. Quelli ringraziavano e chiudevano la porta. L'indomani scopriva i pesci nell'immondizia. Lui li trovava appetitosi, forse non sapevano come cucinarli. Gli venne uno scrupolo. Iniziò a osservare i pesci che catturava dibattersi e boccheggiare nell'erba. Morire male, come il suo amico Peter. Quindi prese a ributtarli nell'Isar: quelli galleggiavano increduli per alcuni istanti, poi davano una pinnata e s'inabissavano.

Infine, abbandonò la canna sull'erba e incrociò le braccia. Fissò la corrente. Una dopo l'altra, comparivano le loro facce. Peter, Betty, Alice, Wolf Biermann, Dieter Böhmer, il signor Smiley. Anche Walther Ulbricht. Si componevano davanti a lui e si disfacevano senza proferire parola. L'Isar le trascinava via, oltre la memoria e la vita.

Ciò che non si componeva mai erano i volti dei suoi cari. Ormai, erano passati molti anni. Come saranno stati, allora? Invecchiati, certo. Vivi? Chissà... Finché giunse una lettera di suo padre, lo scovò proprio là, nella topaia, peraltro con una puntualità da lasciare di stucco.

«L'hai fatta grossa, figliolo! Che cosa dovremmo pensare di te? Te lo sei mai chiesto? È dura vivere qui, con gli occhi di tutti a ricordarci chi siamo, anche se dovrei dire: a ricordarci chi sei tu. Ma siamo stati noi a farti così. È ciò che ci ripetono sempre quelli del *Staatssicherheitsdienst*. Che il diavolo se li porti! No. Non sorprenderti se scrivo così e loro lo leggono. Ormai, leggono tutto. Sanno tutto. Ma cos'abbiamo mai da perdere? Le greggi? Andate. La casa? Crollerà. Di fame non moriremo. Nessuno muore più di fame, adesso. Chissà che tu abbia trovato quello che cercavi. Dalla vita che facevi a Berlino, non si sarebbe detto. Stare lontano serve a fare chiarezza, dicono. Più distanza mettiamo tra noi e le nostre cose, più ci appaiono sotto un'altra prospettiva, ma, a quanto pare, tanto lontano non sei riuscito ad andare nemmeno tu. Pensaci. Spero che tu sia felice, il posto dove stai adesso ha tutta l'aria di essere un binario morto. Tuo padre.»

Nemmeno l'Isar riusciva a dargli pace, pure con la placidità del suo scorrere e la limpidezza delle acque. Presto ne disertò le rive e smise di molestare i pesci. Rifaceva inverno e la campagna si spopolava, i giorni si accorciavano e faceva buio sempre più presto. Camminava solo per ore, provava più solitudine in quella vastità che nella sua topaia.

Un sabato, raggiunse Monaco in automobile. Accadde per caso, al crepuscolo. Seguiva una strada senza una meta precisa e, come un insetto attirato dalle luci, si ritrovò imbottigliato nel traffico cittadino. Diversa da Berlino. Splendente. Le vie, gli edifici illuminati. Ovunque vetrine sfavillanti, insegne colorate, lanterne. Sembrava che la Germania non avesse più nulla da nascondere. Infatti non nascondeva nulla, addirittura ostentava la rinnovata grandezza, il benessere, la resurrezione. Come fare a non perdonare questa generazione laboriosa, accogliente e sazia? Ottimista.

Parcheggiò la Volkswagen e s'incamminò verso il centro, la prima neve era caduta copiosa e rendeva il panorama assai invitante. Lui calzava scarpe troppo leggere, che s'infradiciarono dopo pochi passi e lo costrinsero a entrare in un caffè. Il primo che trovò. Luogo assai vecchio, ma vi regnava una grande tranquillità, i rumori della strada giungevano attutiti e c'erano pochissimi clienti. Ordinò un cognac, sedette di fianco alla vetrina e stette a guardare il passaggio sul marciapiede. Gran viavai di gente di ogni età che transitava a passo sostenuto, senza curarsi di lui. Finché apparve una giovane avvolta in un soprabito striminzito, le gambe scoperte e i tacchi alti, capelli di un biondo slavato. Guardò dentro, attraverso la vetrina. Svoltò l'angolo ed entrò. Sedette ad alcuni tavolini di distanza da Conrad. Lui mandò giù alcuni cognac, poi si alzò e si accinse a lasciare il caffè. La guardò. Lei alzò il capo e i loro sguardi conversero.

Conrad Schumann si diresse all'auto, sostò di fronte ad alcune vetrine che esponevano vestiario e calzature. Attraversò la strada, ma, quando raggiunse la Volkswagen, se la ritrovò accanto.

«Mi daresti un passaggio?»

«Per dove?»

«Dove ti pare.»

«Non cerco compagnia.»

«Sto congelando.»

Esitò.

«Sali.»

Conrad accese il riscaldamento e partì. S'infilò nel traffico.

«Ti va di farlo per pochi marchi?»

«Non cerco compagnia.»

«Di' piuttosto che non ti piaccio. Mi fai fumare?»

Le porse una sigaretta e la osservò. Ormai conosceva la trafila, li avrebbe riconosciuti come fanno gli animali con i propri cuccioli mischiati nel branco.

«Perché non mi lasciate in pace? Che cosa volete ancora da me. Sta per venire giù tutta la baracca. Pochi mesi e non conterete più niente, sarete tedeschi come tutti gli altri. No,» si corresse «non come tutti gli altri, con le pezze al culo. Proprio come te.»

La giovane sorrise e soffiò il fumo verso il tettuccio.

«Hai ragione, Conrad Schumann, ma le pezze al culo ce le fornirete voi e vi costeranno care. Tapperete ogni buco, appianerete ogni dislivello. Uno per uno...»

«Uno per uno, che cosa?»

«Marco per marco. Tedesco per tedesco. Ma non è questo il punto...»

«Quale sarebbe il punto?»

«Niente più Germania Est, niente più socialismo, niente più desideri, sogni...»

«La Sassonia non scomparirà.»

«Ecco, immaginavo che avresti risposto così, ma ne sei certo? Pensaci. Né tu né io l'abbiamo mai vista diversa dall'attuale. Che cosa ti fa credere che la prossima sia migliore? O quelle passate. La Prussia, il Reich! Passi tuo padre che ha visto di peggio, ma tu che patria rimpiangerai? Quale delle tante sconfitte? E un'ultima cosa: tu chi sei, realmente? Sei Conrad Schumann? Ma Conrad Schumann non esiste fuori della DDR. Esiste una guardia della *Volkspolizei* che si è dissolta non appena ha messo la testa oltre la riga che ne giustificava l'esistenza, come se fosse finita nello spazio. Puff! Oppure una mosca spiaccicata contro un vetro. Un'istantanea. Una pellicola. Un'ombra. Null'altro. Ed è esattamente ciò che ritroverai tornandoci, quando potrai farlo. Se vorrai farlo. Meglio sarebbe stato finire in una ragnatela, dibattersi con tutte le forze e più ti dibatti, più ti senti prigioniero. Non ti resta che attendere il ragno che venga ad avvolgerti con la sua bava, a dare un significato alla tua scelta. Ora maledirai il fotografo che ti ha ritratto lassù e ti ha battezzato nel nome della Repubblica... Federale... Tedesca... Amen!»

Conrad prese ogni precauzione per recarsi a Monaco. Lasciava l'automobile a metà strada e saliva sul treno. Occupava uno scompartimento sulla carrozza di coda e attendeva che i viaggiatori defluissero prima di scendere. Infine, si chiese, ora che la squinzia gli aveva detto quelle cose, che altra ragione avrebbero avuto di stargli alle calcagna? Forse, pensò, era lui a desiderare che quel cordone non venisse mai reciso. Dovette essere quella la ragione che lo spinse a tornare nel vecchio caffè di Monaco, dove aveva incontrato la biondina la prima volta. Era febbraio, 1988. Il mondo appariva assai cambiato, eppure lui sentiva il bisogno di tornare nel vecchio caffè, ritrovare il bandolo da riavvolgere. Così, lo raggiunse ed entrò. Lei era là, col solito spolverino, mezza intirizzita dal freddo, le gambe accavallate e i capelli in disordine.

Si avvicinò. Lei gli scostò una sedia.

«Ti aspettavo» gli disse.

«Aspettavi me?»

«Sicuro. Volevo chiederti se ti andava di farlo per pochi marchi.»

La guardò, lei abbassò gli occhi.

«Il fatto è che non capisco.»

«Allora prestameli, perché li ho finiti.»

Conrad la trascinò fuori dal caffè, la fece salire in auto e la portò a Frisinga, nella sua topaia. Ameno avrebbe passato la notte al caldo.

La proprietaria udì il rumore della Volkswagen e si affacciò. Li osservò avvicinarsi, nascosta dietro la tenda. Lui guardò su, si scambiarono un'occhiata. La vecchia sorrise. Finalmente te la sei trovata una squinzia, annuì. Nemmeno tanto male. Scaldarono del latte e mangiarono alcuni biscotti. Lui tirò fuori il cognac, notò le piste sulle braccia della biondina.

«È così che campi?»

«Grossomodo...»

«Quelli che ne pensano?»

«Quelli hanno altri programmi.»

«Hai anche un nome?»

«Certo, mi chiamo Eliane, ma per te sono la puttana ebrea Marie Sanders. Ti piace?»

Conrad Schumann guardò fuori dalla finestra. Scendeva la sera. Nel canale si spegneva il giorno, l'acqua lo portava allo scolmatore del tempo, la striscia rosata che insisteva tra i caseggiati e la notte, come un grande palcoscenico spinto in fondo alla Baviera.

Aprì gli occhi e accese la lampada. Eliane dormiva abbracciata al suo torace, il suo braccio crivellato sembrava farsi strada in un intrico di rovi. Al mattino le cose appaiono più chiare, forse troppo, più che per una disposizione al pessimismo e i metaboliti del cognac per il prevalere del lato critico della mente. Ogni alba è livida e annulla la prospettiva, almeno per chi cercava disperatamente il distacco definitivo dalle stagioni della propria storia e faceva di tutto per trovarne altre che le sostituissero. Era la consapevolezza del muro che passava dentro di lui ed esigeva un salto netto, di qua o di là. Non si trattava di due mondi che si confrontavano, antitetici, ma di due epoche che scorrevano contemporaneamente dentro la sua coscienza a velocità diverse, incompatibili e incompenetrabili. E se la barriera fosse crollata, i due mondi si sarebbero riversati l'uno nell'altro, senza mescolarsi. Sarebbe stato un ribollire di bollicine, fino a una quiete apparente, la stessa che regnava nel canale, un apparire di piccoli pesci in estinzione dall'aspetto primordiale che si rintanavano negli anfratti della vita.

Gli sembrava che l'acqua nel canale ristagnasse anziché scorrere. Avrebbe voluto che gli riportasse un pugno d'anni di ragazzo, intorno ai blindati russi, alle pecore e alle cataste della segheria, almeno le immagini, non certo il senso, perché un senso non l'avevano. Ma non c'era verso che l'acqua scorresse.

Eliane si era rivestita e si era cacciata in testa una berretta blu.

«Me ne vado» gli disse. «No, non c'è bisogno che mi accompagni. Faccio due passi fino alla fermata.»

Uscì e discese la rampa di scale. Dalla finestra lui la seguì allontanarsi lungo la Fischergasse e svoltare verso la fermata, la Sassonia stava da tutt'altra parte. Non la rivide più dopo d'allora. Né la Sassonia né Eliane. Non è detto che le creature tra cui nasca una certa intesa debbano rimanersi accanto. Più spesso si accompagnano lungo percorsi sconosciuti, laddove, nonostante la naturale diffidenza e la prudenza, i sensi risultino assai più recettivi che nei luoghi familiari e, chi ne beneficia, si senta più bendisposto.

15. Giù!

Ronald Reagan e signora erano giunti in Germania l'estate precedente. Secondo quella che era una consuetudine dei presidenti americani in visita a Berlino, aveva lanciato la sua sfida all'Est europeo, di fronte alla Porta di Brandeburgo, come se tutti i tedeschi orientali fossero là ad ascoltare. L'avranno pure udito, ma non oltre Unter den Linden, sebbene la sua perorazione fosse diretta assai più a Est.

«Signor Gorbačëv, apra questa porta. Signor Gorbačëv, signor Gorbačëv, abbatta questo muro!»

Il signor Gorbačëv attraversava una profonda crisi politica, identitaria e personale. Non riusciva più a opporsi alla pressione dello yogurt che tracimava oltre il muro come un'onda di piena, al sapore di cocco, vaniglia, mandorla, pesca, papaya, mango, avocado, banana, mandarino, mentre di là sapeva ancora di yogurt. Non vantava certo la tenuta ideologica del suo predecessore, l'inamovibile monolite Leonid Brežnev. Il muro aveva i mesi contati, per quanto Erich Honecker cercasse di puntellarlo con i suoi proclami roboanti. Ormai la condizione della «mutua distruzione assicurata» non rassicurava più il signor Gorbačëv, perché nel cielo boreale splendeva una nuova costellazione nota come scudo spaziale. Certamente un grande bluff, ma chi era tanto arrischiato da vedere le carte di Ronnie?

Ronnie e sua moglie Nancy, affiancati dal cancelliere Kohl e signora, dal sindaco di Berlino Diepgen e signora, dal presidente del *Bundestag* Philipp Jenninger e l'ambasciatore Burt vollero con loro anche Conrad Schumann a Tempelhof.

«Che abito potrei mettere?» chiese all'acida padrona di casa. «Andrebbe bene un sobrio spezzato di mezza stagione?»

«Dove pensate di andare, all'Oktoberfest? Venite in casa, ve ne presterò uno del mio defunto marito.»

Sul palco delle autorità svettò anche il suo testone. Chi è? Si chiese la folla. È il vicepresidente? Il Segretario di Stato? Troppo giovane. Che volto triste! Un vero *gaucho*, però…

«Che ne pensate, Conrad, non è ora che questo orribile muro scompaia?»

«Avete ragione, Presidente, non c'è più motivo che rimanga.»

«C'è mai stato un motivo?»

«Che cosa posso dirvi, signore? Io l'ho visto nascere, l'ho visto crescere…»

«Non mi starete dicendo che vi siete affezionato?»

«Affezionato, no, ma se chiedeste in giro, vi direbbero che un certo senso di sicurezza lo dava.»

«Davvero?»

«Credetemi! E con questo non intendo dire che non si fidino di voi, tutt'altro, però, se permettete, Presidente…»

«Dite, dite, Conrad. Mi interessa molto il vostro punto di vista. Mi interessa più di qualunque altro. Ma non chiamatemi Presidente. Ronnie va benissimo.»

«Be', Ronnie, era prevedibile che il popolo non attendesse che il momento di riabbracciare i propri fratelli, cui sono stati negati per anni la libertà e i diritti, e di ricongiungersi in nome delle comuni origini, delle aspirazioni e della passata grandezza. In una parola, del loro destino.»

«Ah, ecco,» sul volto di Ronnie il sorriso si spense «intendete dire grandezza culturale, economica!»

«Questo intendevo. Tuttavia…»

«Tuttavia?»

«Una certa perplessità, almeno da questa parte, penso sia legittima.»

«Spiegatevi.»

«Se l'*Anschluss* non dovesse andare a buon fine…»

«Sst,» Ronnie era sbiancato «non chiamatela così!»

«Come dovrei chiamarla?»

«*R*iunificazione dovete chiamarla. Non *Anschluss*!» sibilò e si guardò intorno.

«Ronnie ha ragione, Conrad,» intervenne sottovoce Nancy Reagan «si tratta di un'unione consensuale, nel senso che entrambi i partner sono consenzienti. Se dite *Anschluss*, sembra che la si voglia imporre con la violenza.»

«Mi dispiace di avere dato quest'impressione, ma io intendevo dire che questa, ehm, unione, nasce sotto cattivi auspici.»

«Oh, bella! A noi non sembra, guardate che entusiasmo c'è qua intorno.»

«Se ne accorgeranno quando ci sarà da calcolare quello che porteranno in dote. Ormai sono quasi vent'anni che vivo a Ovest, ma vi assicuro che la mia assimilazione...»

«Accoglienza.»

«La mia accoglienza non è stata tutta rose e fiori.»

«Ronnie, Conrad ha ragione. Anche tu ti batti per i diritti dei poveracci, ma ti guarderesti bene dal portartene uno a casa. E tu dovresti farlo, Ronald! Sei il Presidente, colui che dovrebbe dare l'esempio. E ho detto uno, Ronnie, non sedici milioni!»

«Ragazzi, io la sfida l'ho lanciata. Non pretenderete che me la rimangi?»

Due anni dopo, il ventesimo dell'era tedesco-democratica, il signor Honecker, infastidito dalle perorazioni americane e dalle critiche anglo-francesi, proclamò che il muro sarebbe esistito per altri cent'anni, probabilmente a testimonianza della solidità del suo calcestruzzo, perché l'ortodossia, di cui era rimasto il solo paladino, veniva sempre più apertamente sconfessata. Addirittura nell'URSS dichiaravano che il muro non era che un relitto della guerra fredda, un rudere da smontare in migliaia di pezzi, sempre più rari da reperire, sempre più costosi sul mercato nero. Come fare a stabilirne l'autenticità?

Da Happy Betty, nella filiale berlinese di Acme Inc., si potevano trovare sigillati e provvisti di certificato di garanzia. Non è vero che vendere corda in casa dell'impiccato è sempre una pessima idea.

Il *Staatssicherheitsdienst* fu l'ultima istituzione a dissolversi, anche se non accadde mai definitivamente. Avrebbe lasciato per strada un sesto della popolazione della Germania Est per tutta la fase della transizione, inoltre rappresentava la memoria della DDR. Nessun altro archivio avrebbe mai potuto contenere notizie altrettanto precise della storia tedesca. Pertanto, il servizio proseguì a raccogliere informazioni oltre il suo stesso senso, a spiare cittadini tedeschi ormai federali a tutti gli effetti.

L'ultimo ad accettare la realtà dei fatti fu il signor Honecker, tenacemente aggrappato al privilegio che il socialismo dispensa ai suoi più fedeli servitori.

«Il nostro muro resterà ancora cinquanta e anche cento anni per proteggere la nostra Repubblica dai rapinatori e da coloro che sono sempre fin troppo ben disposti a turbare la pace e la stabilità in Europa. Coloro che hanno affermato che il muro è un anacronismo sembrano avere dimenticato che il compito precipuo di uno Stato e di un governo è quello di difendere i propri cittadini dal saccheggio causato dallo squilibrio col marco occidentale, che vale sette volte il nostro.»

Non passarono cinque anni che fu arrestato.

Il muro venne giù come una frana, ma l'Europa non si curò che oltre la barriera c'era un popolo straniato, in gran parte ignaro di ciò che gli si sarebbe spalancato alla vista e perfettamente cosciente del proprio passato, che, comunque fosse trascorso, era pur sempre il suo. Chi c'era nato, chi se l'era visto costruire intorno e chi c'era morto. Appartenevano a una coscienza, intimamente conservata nell'animo tedesco, dove l'apparato aveva frugato insistentemente per poterla vincere come una malattia cronica. Era stata consegnata a un tempo che si chiudeva troppo bruscamente. Chi non rimpiange le proprie tribolazioni? Ma, soprattutto, chi non rimpiange se stesso nelle tribolazioni?

16. Addio…

Il secolo non finì allo scoccare dell'ultima ora, si concluse molto prima. A un certo punto, accelerò e gli avvenimenti che segnarono gli ultimi anni del Novecento si accavallarono in modo convulso, dettero l'impressione che volessero sopravvivergli, anche perché, a quel punto, non ce ne stavano francamente più, erano troppi, e il secolo troppo breve per contenerli tutti.

Non fu così per la Repubblica Democratica Tedesca, il secolo se la prese tutta per sé, la fagocitò e la digerì. Che cosa saranno mai stati quarant'anni di storia, nemmeno la vita di un uomo che l'aveva vista nascere e scomparire. E ventotto di muro? *Mirabil opra*! Direbbe il poeta. Ora si sarebbe potuta consegnare alle pagine se ci fosse stato spazio, ma spazio non ce n'era più, nemmeno sul calendario. I santi erano troppo numerosi e se lo disputavano sgomitando. Forse erano i giorni a essere troppo pochi e il tempo troppo veloce.

Avrebbe dovuto tornare indietro lui, Conrad Schumann. Lui aveva fatto saltare il banco, interrotto il corso delle cose. Soltanto così il tempo si sarebbe ritrovato, rifattosi un fenomeno ciclico che torna sempre al punto di partenza. Invece no. Conrad non aveva rinunciato alla smania di ficcare il naso da questa parte. Chi sarebbe stato disposto a controbilanciarne la mossa? Heinrich Mann l'avevano portato là, proprio l'anno della sua fuga. Morto, però. Chi altri, dopo di lui? Non c'era più nessuno disponibile e, ormai, era troppo tardi. La Germania Est non c'era più. Non c'era più l'Est. Rimaneva l'Oriente, ma sapeva di favole, antiche leggende e cronache di esplorazioni. Niente a che fare con l'Europa del XX secolo.

Povero Conrad, sospeso tra disillusione e malinconia! No, non c'era proprio speranza. Nemmeno un santo del calendario. Chissà che cosa gli sarà passato per la mente?

Verso la fine dell'inverno, sulla Baviera si scatenò un gran vento. Non era maestrale né la corrente gelida dell'est, ma un vento balzano e meticcio, caldo e rabbioso, che aveva smarrito la strada. Era andato a crepare lassù, frammentandosi in centinaia di lingue che battevano i paraggi e s'impennavano come serpi. Mordevano alla cieca e si accasciavano snervate. La siccità prosciugò i campi e riempì le strade di polvere.

Da giorni s'invocava la pioggia, invece le perturbazioni tardavano a venire e le giornate languivano sotto un cielo luminoso e limpido. Il vento riportò in aria tutto ciò che attendeva di essere tumulato. Coriandoli, stelle filanti, cartaccia.

Conrad Schumann guardava fuori dai vetri la Fischergasse deserta, illuminata da una luce giallognola. Il vento soffiava sui nervi, toglieva le forze e la voglia di fare qualunque cosa. Così, non fece più nulla. Disertò il lavoro. Si distese sul letto e attese di finire la scorta di cognac Napoleon. Scrollate le gocce dall'ultima bottiglia, uscì di casa e s'inoltrò nella campagna. Rifletteva sui conti con la storia che non si riescono mai a chiudere, mentre la vita sa come farli tornare. La vita rende il tempo circolare con due semplici ricorrenze, ai due capi di una corda.

Oplà!

Indice

ENKI – Collana di Saggistica

Riccardo Gobbi, *Dal circolo vizioso al circolo virtuoso*
Corinna Tania Gallori, *Il Monogramma dei Nomi di Gesù e Maria*
Rino Cammilleri, *Il Kattolico 3*
Roberta Lugoli, *La Mente Cosmica – Una metafisica del pensiero*
Riccardo Gobbi, *Memoria e conferme su Dio e sulla fede*
Fausto Bertolini, *Gesù e il Super-Io*
Michele Garini, *MESSA così è tutta un'altra cosa – Rito, esperienze, suggestioni*
Francesco Burlini, *Eresie ambientaliste*
Fabio Terraroli, *Leggende di Lonato*
Giorgio Pavesi, *Leone de' Sommi hebreo e il teatro della modernità*
Christian Monti, *Viaggio critico nel Mistero – tra Cattedrali gotiche, Templari e Massoneria*
AA. VV., *La Cattedrale di Asola*
Lidia Gallico, *Una bambina in fuga – Diari e lettere di una ebrea mantovana al tempo della Shoah*
Fausto Bertolini, *E se Dio non ci fosse?*
Alberto Zanoni, *I temi della vita tra Sacra Bibbia e miti*
Carlo Salvoni, *La Fonte*
Dante Chizzini, *Luci e ombre nei rapporti tra Viadana e Mantova – dalle Additiones agli Statuti (1430/1724)*
Marianna Maiorino, *Il canto dell'arcobaleno: La sinestesia*
Fabrizio Tassi, *Come il volo lontano degli uccelli nella pace della sera – Mistica domestica* di Fabrizio Tassi
Ferrante Bandera, *Diario di una breve stagione*
Sara Ascoli, *Cenerentola: L'inganno, l'anima e il Sang Real*
Mario Cattafesta, *Come bevevano gli antichi*
Lamberto Gherpelli, *Parma – I segreti e gli amori di una capitale*
Cesare Pirozzi, *Il segreto di Dante*
Michele Garini, *Arte e catechesi*
Emilio Reghenzi, *San Giuseppe – La vita nello spirito dello sposo di Maria*
Giuseppina Tratta – Susanna Migliorati, *Enneagramma in corso – Lezioni*

semplici per saggi principianti e nevrotici esperti
Cesare Pirozzi, *La natura delle cose – Ciò che Platone sapeva ed Einstein non riuscì mai a capire*
Maurizio Uggeri, *Il bracciante che voleva la luna*
Roberta Lugoli, *Tecniche di comunicazione efficace e PNL - Tra persuasione e manipolazione*
Franca Fassio e Anna Trombetta, *Pillole di salute - Ovvero consigli per un'alimentazione e uno stile di vita sani e consapevoli*
Tullio Banni, *Il mugnaio alla Grande Guerra*
Arthur Fowler, *Verso una visione unitaria della realtà - Strutture complesse e isomorfismi*

NIDABA – Collana di Filosofia

Luca Cremonesi, *La filosofia della natura nel* De incantationibus *di Pietro Pomponazzi*
Ivan Pozzoni (a cura di), *Frammenti di cultura del Novecento – Nietzsche, Vailati, Simmel, Schlick, Arendt, Zubiri, Bateson, Dell'Oro, Warburg, Dávila, Garin, Melandri raccontati da dodici filosofi contemporanei*
Primavera Fisogni, *Ontologia della speranza*

ANUNNAKI – Collana di Narrativa

Daniele Vazquez, *La comunità dei sogni*
Maurizio Ferrante Gonzaga, *Assalto al castello*
Mariarosaria Capaccio, *Il mare all'improvviso*
Luigi Schifitto, *L'uomo con lo zainetto*
Mauro Acquaroni, *Piccioni*
Carolina Giorgi, *La rosa di Ledmore Vale*
Anna Viale, *La camera celeste*
Ana Kramar, *Il ritorno – Storie migrabonde*
Angel Luís Galzerano, *Cronache sentimentali di un italiano a metà*
Floriano Rubiano Fila, *Appuntamento tra due anni*
Carla Menaldo, *Il re del tango*
Fausto Silva, *Il grande firlinfù*

Guido Manuli, *Lassù qualcuno mi ama?*
Adriano Bernasconi, *Omocrazia*
Sara Bellingeri, *Cartoline dal muro*
Stefano Iori, *La giovinezza di Shlomo*
Massimo Forte, *Peccato averla già consegnata*
Fausto Bertolini, *L'amore ai tempi del colesterolo*
Mauro Novellini, *Re infecta*
Michela Tafelli, *La stirpe di Zoltan*
Michela Tafelli, *I segreti di Zoltan*
Carla Magnani, *Acuto*
Mauro Acquaroni, *De La Tour*
Davide Rubini, *Il fischio finale*
Enrico Ratti, *Il taccuino dei dannati*
Leone di Candia, *Panama Caffè*
Antonio Della Rocca, *La bambina in rosso*
Marisa Pezzella, *Freddo fuoco bruciato*
Ruco Magnoli, *Sharon trova*
Lidia Masci, *Anno bisestile*
Angel Luís Galzerano, *Storie lunghe una canzone*
Carlo Salvoni, *Menamato – Storie di un cane a tre zampe*
Ruco Magnoli, *Sharon pesca*
Fausto Bertolini, *Il caso Satanas*
Mauro Novellini, *Nella legione di confine*
Celine Finco, *Due razze*
Riccardo Bassi, *La nostra prima vera estate*
Giulia Deon, *Novelle in decrescendo*
Ruco Magnoli, *Sharon vola*
Maurizio Salva, *Omicidio in Cittadella*
Alessandra Perugini, *Blu oceano*
Francesco De Siena, *Le variazioni degli spiriti*
Carla Menaldo, *Rosastrega*
Alberto Costantini, *Le astronavi di Cesare*
Chiara Donà, *In ognuno di noi*
Erminio Giavini, *Con un capello biondo si può vincere il premio Nobel*
Alessia Moneta, *Dagli occhi di Alice*
Antonella Presutti, *Nevica poco e male*
Alberto Sogliani, *Una squadra lunga dieci anni*

Florino Rubiano Fila, *Di veleno e di sogno*
Luca Bonaffini, *Eterni secondi*
Mauro Acquaroni, *L'Utile – à la recherche de –*
Emiliano Caiani, *Criminose illusioni – Delitti e destini –*
Luca Pipitone, *Papao*
Pierangela Rubes, *Donne in silenzio*
Augusto Bolther, *I racconti del sabato*
Marisa Gianotti, *La collana di Miràm*
Ruco Magnoli, *Sharon scia*
Ruco Magnoli, *Sharon protegge*
Luigi Schifitto, *Delitti di stagione*
Ruco Magnoli, *Sharon studia*
Lidia Masci, *Le ali di Alì*
Ruco Magnoli, *Sharon alleva*
Ruco Magnoli, *Sharon balnea*
Ruco Magnoli, *Sharon villeggia*
Ana Danca, *Patrie interiori*
Eliana Fusai, *Il tempo dell'anima*
Luca Ragazzini, *Le misturanze – Dormiveglia irlandese*
Nadia Bellini, *Un cancello a chiudere il vento*
Silvia Peroni, *Gatti, Stregatti e Aristogatti*
Sergio Rossi, *Una questione di naso*
Ruco Magnoli, *Sharon ritorna*
Ruco Magnoli, *Sharon suona*
Alessandro Gianesini, *La brigata della speranza*
Monica Ferraioli, *Cenerentola oggi calzerebbe il 41*
Guendalina Bosio, *Destinazione felicità*
Luca "Splash" Guarneri, *Sigla*
Maristella Bonomo, *Navel*
Fausto Bertolini, *Giulietta deve morire*
Riccardo Bassi, *Sognando Bologna*
Simone De Bernardin, *Lettere*
Paolo Pisi, *Il meccanico di Nuvolari e altri personaggi di genio*
Ilaria Arpella, *Le cronache dei Regni Perduti – Le Regine dei Regni Perduti*
Giorgio Corvi, *Il fiore dell'eternità*
Ruco Magnoli, *Sharon fiuta*
Ruco Magnoli, *Sharon nuota*

Raffaella Azzini, *Vento d'autunno*
Laura Coghi, *Innamorarsi del possibile*
Angel Luís Galzerano, *Naufraghi*
Elisabetta Baraldi, *Sono tornate le pecore*
Floriano Rubiano Fila, *Scritto in Nicaragua*
Aquilino, *Passione di Fedra*
Silvia Peroni, *Tutto in un mese*
Mauro Acquaroni, *Ho visto – J'ai vu*
Stefania Lamanna, *Il rimpianto perfetto*
Sergio Rossi, *La bella età*
Maria Giovanna Farina, *Non siamo solo cagnolini*
Ariel Shimona Edith Besozzi, *Qualcosa per cui correre*
Lina Calogera Alaimo, *Stella Fruttidoro*
Cornelia Campidelli, *L'ignoto capovolto*
Fausto Bertolini, *Gli omicidi del Colosseo*
Adriano Bernasconi, *Eterofobia*
Ruco Magnoli, *Sharon visita*
Ruco Magnoli, *Sharon sconfina*
Lorenzo Zani, *A. Strano*
Alice Cesarini, *Abraham*
Edoardo Francesco Taurino, *Ātman e Poesia*
Maria Renata Sasso, *La cardatrice*
Cristina Brutti, *Un cammino, il mio*
Nicola Calza, *L'eredità degli uomini*
Andrea Bucci, *La leggenda del dono di Taon*
Chiara Furlotti, *Lacrime d'inchiostro*
Martino Malgesini, *Morfina*
Marisa Gianotti, *Un giardino veneziano*
Franco Brighi, *Il giorno in cui morì Alejandro Jodorowsky*
Roberto Tondi, *Sulle ali*
Alberto Costantini, *La donna del tribuno - L'avvincente storia di una donna ai confini dell'Impero Romano* di Alberto Costantini
Paola Azzoni, *La Piccola*
Jennifer Hamilton, *L'ultima ninfa*
Gabriella Paola Zurli, *La maison qui touche aux bois*
Luigi Randaccio, *I quesiti di novizio Calabrone*
Claudia Melegari, *Di visione*

Claudia Mereu, *Il mondo a culo in susu – Quando l'amore non ti lascia morire in pace*
Ruco Magnoli, *Sharon rifiuta*
Ruco Magnoli, *Sharon esorcizza*
Claudio Fraccari, *Le spine della rosa – Commedia breve in prosa*
Francesca Bonetti, *Un mare d'amore*
Vivien Zinesi, *Sogni di carta*
Fabio Giagnoni, *Infernorama*
Fausto Bertolini, *Negli occhi delle donne – Vita sentimentale di Cartesio*
Ana Danca, *La voce del silenzio*
Maria Beatrice Bandera, *Banda bandera*
Antonino Moschella, *Il sarto di Zeus*
Emilio Salgari, *Il corsaro nero*
Fabrizio Ferloni, *Il mare di Cristobal*
Stefano Iori, *I semi dell'incanto. Racconti 1972 – 2020*
Massimo Petrilli, *Io sono colui che sono*
Michela Guindani, *Come un campo di papaveri*
Massimo Baraldi, *Nagottville*
Alberto Costantini, *Donne ai confini dell'Impero*
Alessandro Gianesini, *Relazioni pericolose – Amori e altri disastri*
Marcello Tarozzi, *Le città dei sogni – Racconti del nostro tempo*
Vittorio Cicirata, *I tre demoni*
Giulia Elisabetta Bianchi, *Vite traverse*
Fausto Bertolini, *L'ultimo amore di Casanova*
Francesco Torreggiani, *Sentenze mortali*
Maria Renata Sasso, *I miei Balcani*
Anna Bertuccio, *L'isola delle donne volanti*
Antonio Badolato, *Quirinale: operazione Ultima spes*
Marcella Guidoni, *Il cammino delle oche selvatiche*
Cristina Danielis, *Nostalgia degli incontri*
Stefano Montruccoli, *L'ultimo assolo*
Emanuele Gualerzi, *Le false verità*
Alberto Costantini, *La schiava dei libri*
Franco Brighi, *Le parole sospese*
Luigi Guicciardi, *I segreti non riposano in pace*
Giulia Deon, *Vladimir Korsakov*
Sergio Rossi, *Le donne del lago*

Myriam Mantegazza, *La verità dell'agave*
Stefania Miotto, *La preda*
Andrea Del Ponte, *Il professore e la strega*
Silvia Peroni, *Riparto da qui*
Marisa Gianotti, *La ragazza con i libri in testa*
Gwenliam Starwild, *Maudite*
Riccardo Pozzi, *Nel centro della pianura*
Alberto Costantini, *L'ultima amazzone*
Alice Cesarini, *Ludwig*
Irene Rossi, *Delitti imperfetti*
Eugenio Mealli, *Nemico globale*
Mauro Acquaroni, *Morte presunta di un notaio*
Daniele Vazquez, *Tutti i bravi bambini vanno in paradiso*
Luigi Schifitto, *Una persona scorretta*
Fausto Bertolini, *Il giallo del giallo*
Laura Medei, *La goccia*
Alberto Costantini, *Oltre l'ultimo limes*
Michela Guindani, *La casa che respirava ancora*
Paola Sbardaba Ferrari, *Il casolare sull'aia*
Ana Danca, *I cinque punti cardinali*
Alessio Bussi, *L'ordine*
Corrado Grossi, *Mai più nessuno come noi*
Cornelia Campidelli, *Lettere da un'anima*
Barbara Perini, *L'amore è la via*
Lorena Marenzi, *Prima o poi un libro lo scrivo*
Alberto Costantini, *Attila, il Principe delle Lucertole*
Giorgio Montanari, *La ragazza che parlava alle api*
Angelo Lamberti, *I laghi di Mantova*
Marco Minicangeli, *Le ali di cera*
Luigi Guicciardi, *Tre storie di sangue - La nuova indagine del commissario Laudani*
Silvia Peroni, *Uomini smarriti*
Angel Luìs Galzerano, *Isole comprese*
Elena Bertocchi, *Fidati di me*
Simone Bonomelli, *Nelle terre dei risorti*
Fausto Bertolini, *Il giocoliere e la rosa – Vita erotica di Gabriele D'Annunzio*

Alberto Costantini, *Le quattro morti di Postumia Sabina*
Anna Zucchi, *Un freezer pieno di colli di tacchino*
Elisabetta Baraldi, *Le stagioni di Teresa*
Enzo Riccò, *Il dodicesimo padre*
Paola Sbarbada Ferrari, *L'oblio nei tuoi occhi*
Ruco Magnoli, *Sharon ispeziona*
Ruco Magnoli, *Sharon soccorre*
Ruco Magnoli, *Sharon europeizza*
Ruco Magnoli, *Sharon riposa*
Ruco Magnoli, *Sharon evoca*
Ruco Magnoli, *Sharon filosofeggia*
Ruco Magnoli, *Sharon parcheggia*
Alessandro Martellini, *La vela bianca*
Luca Gambardella, *Segni particolari: tatuaggio con una stella a 5 punte sul polso sinistro*
Elena Bertocchi, *Il dolce profumo della pioggia*
Marzio Zaini, *Non c'è più casa per Jan*
Paolo M. Durante, *Tornanti*
Emanuela Rastrelli, *Sulla rotta della Queen's Anne Revenge*
Mariangela Biffarella, *La figlia della luna piena*
Nicole Sabatini, *Lo sguardo nudo*
Elvira Onorato, *Infinitamente di più*
Roberto Zaupa, *The Wall Streeter*
Mauro Acquaroni, *2040*
Enrico Beretta, *Conrad l'infame*

GEŠTINANNA – Narrativa classica

Italo Svevo, *L'assassinio di via Belpoggio*
Augusto De Angelis, *Sei donne e un libro*
Carolina Invernizio, *I misteri delle soffitte*
Giulio Piccini (Jarro), *L'assassinio nel vicolo della luna*
Edgar Wallace, *La porta dalle sette chiavi*
Marie Adelaide Belloc Lowndes, *La dama di compagnia*
Cesare Pavese, *La bella estate*
Augusto De Angelis, *Il canotto insanguinato*

Oscar Wilde, *Il ritratto di Dorian Gray*
Luigi Pirandello, *Uno, nessuno e centomila*
Augusto De Angelis, *Il banchiere assassinato*
Edward Phillips Oppenheim, *Tradimento*
Herman Melville, *Moby Dick*
Jules Verne, *Ventimila leghe sotto i mari*
Italo Svevo, *La coscienza di Svevo*
Francesco Jovine, *Le terre del sacramento*
Peter Cheyney, *Pericolo pubblico*
Henry De Vere Stacpoole, *La paura che uccide*
Silvio D'Arzo, *Casa d'altri*
Edward Phillips Oppenheim, *L'ombra del delitto*
Jean d'Agraives, *Lo stregone del mare*
Alfredo Pitta, *La dama verde*

ARALLU – Collana Eterodossa

Fabio Segala, *Tranquillitudine – Tranquille inquietudini oniriche*
Francesco Torreggiani, *Burn City – L'ospite indesiderato*
Fabio Segala, *Dopo un paio di squilli*
Francesco Torreggiani, *Burn City – Lo spettro assassino*

ISHTAR – Collana di Poesia

Ana Kramar, *Il passaggio fra le mani*
Ivana Magri, *Echi d'anima*
Augusto Bolther, *Labirinti di luce*
Andrea Garbin, *Croce del Sud*
Giulia Deon, *Piccolo Bestiaire*
Paolo Savani, *La ricerca dell'aria dalla A alla Z*
Giulia Deon, *Omaggio naturale*
Monica Palma, *Senza fini di logos*
Carlo De Raffaele, *Luci notturne*
Giulia Deon, *Poesie a regola d'arte*
Carlo Sturani, *suonoSettenari*

Emidio Montini, *I Vecchi di Colono*
Andrea Garbin, *Genesi dei sensi*
Floriano Rubiano Fila, *L'osteria del tempo che passa*
Emidio Montini, *Cronache dalla macchia*
Giulia Deon, *Variazione sui temi*
Carlo Sturani, *Cometa – Uno sguardo sul mondo*
Lina Luraschi, *Scucita voce*
Luca De Risi, *L'acqua bassa delle rive*
AA. VV., *Antologia Premio Naz. di Poesia Terre di Virgilio 2015*
Gianluca Moro, *I poeti non sanno scrivere*
Massimo Padua, *Con pelle di spine*
Manuel Paolino, *Carmina Lapidea*
Giorgio Bolla, *La quintessenza del gioco*
Lara Lorenzini, *In rebus*
Emidio Montini, *Il tempo e le maree*
Nadia Alberici, *Terre incolte*
Lilli Sanna, *Foglie d'ortica*
Alessandra Chiavegatti, *Dietro agli occhi in fondo all'anima*
AA. VV., *Antologia Premio Naz. di Poesia Terre di Virgilio 2016*
Gabriella Montanari, *Si chiude da sé*
Giorgio Corvi, *Antologia*
Emidio Montini, *Nostalgia del padre*
Massimo Novaga, *Sguardo sul nuovo mondo*
Maurizio Salva, *Così*
Massimo Padua, *Il contrario della meteora*
Mattia Venturini, *Il teatro delle attese*
Carlo Sturani, *Alci*
Simonetta Fantoni, *Ricreazione*
Marjio Durmishi, *Aral*
Anna Vercesi, *Mi t'aspet chi*
Anna Vercesi, *Trasparendo*
AA. VV., *Poesia – La vertigine della bellezza*
AA. VV., *Antologia Premio Naz. di Poesia Terre di Virgilio 2017*
Floriano Rubiano Fila, *La ballata di via degli Orti e altre anomalie*
Maurizio Maffezzoni, *Passione di un arrogante innocente*
Ruggero Campagnoli, *Sonetti da tavola I. Per Liana* (nuova versione)
Ruggero Campagnoli, *Sonetti da tavola VIII. Per Sara*

Ruggero Campagnoli, *Sonetti da tavola IX. Per Tessa*
Laura Coghi, *La dolce amazzone giapponese e il giardiniere della piccola bellezza*
Emanuela Dalla Libera, *Lo sguardo altrove*
Paolo Bartalini, *Piccola corrispondenza fuori sacco*
Domenico Perigni, *Orlando Magno e la testa tagliata*
Simone De Bernardin, *Porpora e amaranto*
AA. VV., *Young Poetry*
AA. VV., *Antologia Premio Naz. di Poesia Terre di Virgilio 2018*
Claudio Fraccari, *Nittalopìa*
Marilucia Dui, *Briciole sparse*
Rodolfo Vettorello, *Rondini a Milano*
Andrew S. Marini, *Il visitatore*
Angelo Lamberti, *Poesie con il fiato corto*
Giulia Deon, *Inedito ritorno*
Ruggero Campagnoli, *Sonetti da tavola X. Per Ubalda*
Ermanno Prandini, *Al di là della porta*
AA. VV., *Young Poetry 2019*
AA. VV., *Antologia Premio Naz. di Poesia Terre di Virgilio 2019*
Enrico Ratti, *Blasfemie*
Alberto Cappi, *Mamanto – Poesie per una città / La città dei poeti – Poesie per un poeta*
Angela Cresta, *Curriculum*
Mariangiola Mangiagalli, *Viaggio tra poesia e realtà*
Luca Bertuzzi, *Carta in tavola*
Carlo Sturani, *Cavalieri*
Stefano Prandini, *Il sale della terra*
Lina Luraschi, *Di pari passo*
Paolo Breviglieri, *Lodi e altri incanti*
Santo Atanasio, *Frammenti di un sogno d'estate e altri versi*
Rosa Pierno, *Istoriato*
Alberto Costo Lucco, *Piazza Libertà*
Francesco Chinaglia, *Sonata per soli notturni*
AA. VV., *Antologia Premio Naz. di Poesia Terre di Virgilio 2020*
Dalila Mancusi, *Stagione d'amore*
Elisabetta Salemi, *L'ultima lacrima del fiume Simeto*
Elisabetta Salemi, *Il silenzio di un fiume*

Fenissa Holden, *Medea era una fanciulla*
AA. VV., *Young Poetry 2020*
Roberto Tondi, *Poesie sul cielo e sulla terra*
Umberto Bellintani, *La mia pianura vasta e sonora*
Maria Ernani, *Oltre*
Silvia Favaretto, *La notte dei corpi*
Emanuela Dalla Libera, *ἡσυχία – Sedimentare il tempo*
Angelo Lamberti, *Poesie in italianese*
Giulia Deon, *Cento sonetti d'amore (in versi liberi)*
Floriano Rubiano Fila, *Il raccoglitore di sogni*
Ruggero Campagnoli, *Sonetti da tavola XI. Per Vanda*
Santo Atanasio, *Versi di un anno (in grigio e in verde)*
AA. VV., *Antologia Premio Naz. di Poesia Terre di Virgilio 2021*
AA. VV., *Young Poetry 2021*
Carlo Sturani, *Finis terrae*
Roberto Tondi, *Briciole e La notte dei sogni*
Barbara Pizzi, *Le mie poesie (1981 – 2021)*
AA. VV., *Poesia e filosofia. I domini contesi*
Guerrino Sacchella, *Penser de gnaro*
Rosana Crispim da Costa, *Niente mi impedisce di guardare le stelle*
Roberto Tondi, *Les préludes*
AA. VV., *Antologia Premio Naz. di Poesia Terre di Virgilio 2022*
AA. VV., *Young Poetry 2022*
Santo Atanasio, *Cento poesie nuove e varie*
Nicola Bracchetti, *Litanie dell'altrove*
Alessandra Chiavegatti, *Attraverso e oltre – Paesaggi da un'anima in cammino*
Elena Bertocchi, *Poesie*
Attilio Marocchi, *Raccolta di spighe*
Ilaria Botturi, *365 Passi verso l'anima*
Luciana Bianchera, *Il minuto rotondo*
Laura Righi, *L'èra acsè*
Carlo Sturani, *Tempesta*
Ruggero Campagnoli, *Sonnets de table 0. À Karine*
Mirta Bertic, *Follia*
Ruggero Campagnoli, *Sonetti da tavola XII. Per Zoe*
Marilucia Dui, *Appunti notturni*

Claudio Fraccari, *Festen – Versi d'occasione*
Glauco Ghidini, *Riflessione continua*
Elvira Onorato, *Fiori sotto il gelo*
Grazia Michelucci, *Il tempo del tempo*
Luciana Bianchera, *Quasi il posto, quasi il tempo*
Giuseppe Nigretti, *Diario di-aria*

LE ZANZARE – Poesia civile

Nenad Glišić, *Nella pancia della bestia*
Beppe Costa, *La terra (non è) il cielo!*
Ivana Maksić, *La mia paura di essere schiava*
Alejandro Murguía, *Offerte di carta*
Basir Ahang, *Sogni di tregua*
Leyla Patricia Quintana Marxelly, *Questo amore, più forte del tuo silenzio*
Serse Cardellini, *Dell'inutile*
Alessandra Bava, *A rima armata*
Benny Nonasky, *La città delle mosche*
Xanáth Caraza, *Le sillabe del vento*
Valbona Jakova, *Richiamare al bene*
Oksana Stomina, *Lettere non spedite*

COLLANA CORTE DEI POETI

Luciana Bianchera, *L'arte dell'affanno*
AA. VV., *Sandro Penna: Il dolce rumore della vita*
Angelo Lamberti, *Cose da nulla*

POETHREE – Collana di Gemellaggi poetici

1) Andrea Garbin, Rosana Crispim Da Costa, Viorel Boldis – Poetre (një vibrim dallgëzues flatrash – una vibrazione ondeggiante delle ali) – Traduzione e introduzione di Valbona Jakova
2) Valeria Raimondi, Beppe Costa, Jack Hirschman – Poetre II – Traduzione e introduzione di Valbona Jakova

AN – Collana per bambini e ragazzi

Loredana Rossetti, *La principessa del parco*
Silvia Ziliani, Silvia Spagnoli, *Mina, piccola e potente cacciatrice*
Felice Carlo Ferrara, Helga Micari, Chiara Anicito, *Il Regno di Golosonia*
Alunni "Casa dei Bambini", *La ballata di Fortunata*
Milena Ziletti, *Reston, l'unicorno dorato*
Carlo Salvoni, *Cavalletti e cavalli*
Silvia Spagnoli, *Prove di volo*
Hans Christien Andersen, *Il porcellino salvadanaio*
Carlo Salvoni, *Zooinferno*
Carmela Mantegna, *L'Albero di Salomone*
Milena Ziletti, *Reston e il ritorno dei Cronnis*
Milena Ziletti, *Reston e le lacrime del drago*
Antonella Astori, *Orsetto, dove sei?*
Sara Pellucchi, *Contrariolandia*
Annalisa Molaschi, *TVB Benedetta*
Fausto Bertolini, *I Re Magi in bicicletta*
Gioia Luna, *Troverai il coraggio perché sei speciale*
Laura Righi, *Connessione Hacker*
Amelia Squitieri, *Il mondo di Clemilia*
Andrea Banfi, *7 Cappelli – Le avventure di 7*
Giacomo Nodari, *Il Canto di Natale* (versione ridotta e adattata)
Gioia Luna, *Colora e impara a Natale*
Giacomo Nodari, *Storia di un Piccolo Principe* (versione ridotta e adattata)
Margy A., *I sogni diventano realtà?*

VARIA

Mario Bonanno, *La protesta e l'amore – Conversazioni con Luca Bonaffini* (contiene un Audio CD)
Sara Galli, *Quadretti portoghesi – Con pennellate ebraiche*
Marinella Mazzola, *La semplicità in cucina*
Marco Maffiolini, *L'aqua ca l'ha fai tri tom*
Tina Reghenzi, *Le ricette della nonna Tina*
Rubens Fontanesi, *TempArte – Sentire l'oggi*

Gilgamesh Edizioni

Sfoglia il nostro **catalogo completo**

inquadrando con il tuo **cellulare**
il **Qr-code** riportato qui sotto

Buona lettura

da **Gilgamesh Edizioni**

www.ingramcontent.com/pod-product-compliance
Lightning Source LLC
LaVergne TN
LVHW091313150826
845673LV00006B/1632

* 9 7 8 8 8 6 8 6 7 7 3 0 5 *